유대인의 너도밤나무

베스트팔렌 산골의 풍속화

부클래식
049

유대인의 너도밤나무

아네테 폰 드로스테 휠스호프

이미선 옮김

부북스

일러두기

−이 책은 1998년 다름슈타트의 Wissenschaftliche Buchgesellschaft 출판사에서 2권으로 발간한 드로스테 전집에 들어 있는 〈유대인의 너도밤나무 *Die Judenbuche*〉를 번역 한 것입니다.

−각주는 옮긴이가 붙인 것입니다.

차 례

그렇게 신중한 손은 어디에 있는가, 과오 없이
편협한 머리의 혼란을 구분할 수 있는 손,
그렇게 단호한 손은 어디에 있는가, 서슴없이 돌을
가련하게 위축된 존재에게 던지는 손은?
누가 감히 헛된 피의 충동을 재려고 들며
감히 그 말을 저울질하는가? 기억에 남아
어린 가슴에 질긴 뿌리를 내리는,
편견이라는 은밀한 영혼의 도둑을 몰아대는 그 말을.
밝은 공간에서 태어나 돌봐지고
경건한 손에 양육된 그대 행복한 자여,
저울을 치워라, 그대에게 결코 허락되지 않을 것이니!
돌을 내려놔라─그것이 그대의 머리를 맞힐 것이니!

1738년에 태어난 프리드리히 메르겔은 B 마을의 하층계급 토지 소유자, 이른바 소작인의 외아들이었다. B 마을은 집들이 아주 엉성하고 그을음으로 얼룩져 있기는 해도, 여행하는 모든 사람들의 눈길을 사로잡는데, 이 마을이 중요하고 역사적으로 특별한 의미가 있는[01] 산간지방의 푸른 숲 골짜기 안에 그림처럼 아름다운 장소에 자리 잡고 있기 때문이다. 당시 이 마을이 속해 있는 작은 지역은 공장이나 상거래, 그리고 군용도로도 없는 그런 외딴 곳 중의 하나였다. 그곳에서는 여전히 낯선 얼굴이 이목을 끌

---

01 토이토부르거 발트(Teutoburger Wald), 즉 토이토부르크 숲을 말한다. 독일 중북부 노르트라인베스트팔렌 주 북동부의 베저 구릉지대 서쪽 끝에 있는 삼림지대로, AD 9년 바루스 장군이 이끄는 로마군이 이 지역에서 게르만족에게 크게 패했다. 이후 로마는 라인 강 너머로의 영토 확장을 포기했다.

었고, 귀하신 분들조차 30마일 정도 여행하면 자신의 지역을 잘 몰라 율리시스[02]처럼 헤맸다. 간단히 말해 독일 어디에나 있는 장소 중 하나로, 그런 환경에서만 자라나는 결점과 미덕, 독특함과 편협함 모두를 갖춘 곳이었다. 지극히 단순하지만 자주 접하기는 어려운 법의 지배 아래에서, 옳고 그름에 대한 주민들의 개념은 아주 혼란스런 상태에 빠져 있었다. 더 정확히 말하자면 합법적인 법과 함께 제2의 법이 형성되어 있었다. 즉 여론과 습관의 법률 그리고 태만해서 사건의 시효를 넘겨버리고 마는 소멸시효의 법률이 형성되어 있는 것이다. 하급 재판권을 가진 영주들은 대부분의 경우 공정한 판단을 내려 이에 따라 벌을 주고 보상을 했다. 영주에 예속된 사람들은 실행 가능하고, 조금은 너그러운 마음으로 타협할 만한 일을 했다. 그저 손해를 본 사람이나 이따금 먼지 덮인 케케묵은 기록들을 살펴볼 생각을 했다. 어떤 시대를 편견 없이 바라보는 것은 어려운 일이다. 그 시대는 지나가 버린 뒤에 상당한 비난을 받기도 하고 혹은 말도 안 되는 칭찬을 받기

---

02 율리시스(Ulysses): 라틴어 Ulixes와 그리스어 오디세우스(Odysseus)의 다른 형태. 그리스 신화에 나오는 영웅. 호메로스의 《오디세이아》의 주인공이기도 하다. 이타카(Ithaca)의 왕이며 페넬로페(Penelope)의 남편이다. 용감하며 지략이 뛰어난 장군으로 트로이 전쟁에서 목마(木馬) 안에 군사를 숨기는 계략을 써 그리스를 승리로 이끌었다. 트로이에서 고향으로 돌아오는 동안 20년이나 헤매며 모험을 했다.

도 한다. 왜냐하면 그 시대를 겪은 사람은 너무나도 값진 기억들에 눈이 멀고, 그 이후 태어난 사람은 그 시대를 이해하지 못하기 때문이다. 그럼에도 불구하고 그 시대에 격식은 더 약했고, 본질은 더 강했으며, 더 자주 위반이 행해졌지만, 비양심적 행위는 더 드물었다고 말할 수 있을 것이다. 왜냐하면 자신의 신념에 따라 행동하는 사람은 설령 그 신념에 결함이 있다고 해도 결코 파멸할 수 없지만, 반대로 내면의 정의감을 거스르면서 외적인 정의를 취하는 것보다 더 영혼을 상하게 하는 것이 없기 때문이다.

모든 이웃들보다 소란스럽고 수완 있는 인간 유형 때문에, 우리가 말하고 있는 이 작은 지역에서는 여러 가지 것들이 비슷한 환경의 그 어디에서보다도 훨씬 더 눈에 띄었다. 도벌과 밀렵은 흔한 일이었고, 자주 일어나는 싸움에서 각자 머리가 깨지는 정도는 그러려니 해야 했다. 하지만 거대하고 울창한 산림이 이 고장의 주요 재산을 이뤘기 때문에 산림감시는 당연히 아주 엄격했다. 물론 법적인 방식으로 감시하기 보다는 항상 새로운 시도가 이뤄졌다. 폭력과 술책이 난무했기 때문에 똑같은 방법으로 더 강력하게 대응하기 위해서였다.

전체 영지 중에서도 B 마을이 가장 오만하고, 교활하며 대담한 지역으로 간주되었다. 깊고 당당한 숲의 정적 한가운데 자리잡은 마을의 위치는 이미 오래 전부터 이 지역 주민들의 타고나면서부터 완고한 심성을 키워주었다. 바다로 흘러 들어가고, 배를 만들 목재를 편안하고 안전하게 고장 밖으로 옮길 수 있는 덮개가 있는 배들이 뜨기에 충분히 큰 강 근처에 위치한 지형적 입지는, 도벌꾼들의 천성적인 대담성을 부추기는 데 한몫했다. 사방에 산지기가 북적대었지만, 이곳에서는 그런 상황을 그저 재미있는 정도로 생각했다. 왜냐하면 자주 발생하는 작은 충돌의 경우 대부분 농부들에게 유리했기 때문이다. 아름다운 달밤에 삼사십 대의 마차들이 마차 수의 두 배 가까이 되는, 나이 어린 소년들에서 일흔 살 먹은 읍장까지 모든 연령대의 사람들을 싣고 한꺼번에 빠져나갔다. 읍장은 경험 많은 안내자로서, 마치 법정의 자기 자리에 앉아 있는 것과 같이 뻐기면서 대열을 인솔했다. 뒤에 남아 있는 사람들은 절벽 사이의 길에서 점점 잦아드는 마차 바퀴의 삐걱거리고 부딪치는 소리에 태평하게 귀를 기울이고 있다가, 조용히 계속 잠을 잤다. 가끔씩 들리는 총성, 약한 비명들이 젊은 아낙네나 새색시를 간혹 놀라게는 했지만, 그 밖의 그 누구도 그것에 신경을 쓰지 않았다. 대열은 이른 새벽에 나갈 때처럼 그렇게 조용히 돌아왔다. 얼굴이 청동처럼 벌겋게 달아오르고, 여기저기 머리를 붕대로 동여맨 사람들이 있었지만, 그 밖에는 주의할 만한 것이 없었다. 그리고 몇 시간 뒤, 인근지역은 한 명 혹은 수 명의 산림 감시원이 당한 불행한 소식으로 가득했다.

그들은 두들겨 맞고, 코담배로 눈이 지져지고, 얼마 동안은 직무를 수행할 수 없게 된 채로 숲에서 실려 나왔다.

이러한 환경에서 프리드리히 메르겔은 태어났다. 그가 태어난 집에는 후드와 몇 개의 큰 유리창이 멋진 덤으로 달려있어 집을 지은 사람이 꽤나 신경 썼다는 것이 드러나지만, 동시에 현재의 영락한 모습을 통해 지금 소유자의 딱한 상황을 보여주는 집이었다. 이전에 마당과 정원을 에워싸고 있던 난간은 사라지고 손보지 않은 울타리가 난간을 대신하고 있었다. 지붕은 허물어져 가고, 목초지에서는 남의 소가 풀을 뜯고 있었다. 안마당에 붙어 있는 밭에는 이름 모를 곡식이 자라고 있었다. 뜰에는 좋은 시절에 심어져 이제는 나무처럼 되어버린 몇 그루의 장미를 제외하고는 약초보다 잡초가 더 많이 자라고 있었다. 물론 불행한 사건들이 이중 많은 것을 초래했다. 그러나 많은 혼란과 열악한 살림살이도 관계가 있었다. 프리드리히의 아버지, 늙은 헤르만 메르겔은 총각 시절에는 소위 말하는 적당한 술꾼이었다. 즉 일요일과 축제 때만 술에 취해 도랑에 누워있고, 주중에는 다른 사람들처럼 행실이 바른 사람이었다. 때문에 아주 예쁘고 부유한 처녀에게 구혼하는 데 별 문제가 없었다. 결혼식은 즐거웠다. 메르겔은 심하게 취하지 않았다. 그날 저녁 신부의 부모는 흡족해하며 집으로 돌아갔다. 그러나 다음 일요일에 사람들은 그 젊은 여인이 그녀의 좋은 옷들과 새 가재도구들을 내팽개쳐 둔 채, 비명을 지르고 피를 흘리며 마을을 가로질러 친정으로 뛰어가는 것을 보았다. 그것은 당연히 메르겔에게는 엄청난 추문이고 불쾌한 일이었다. 그러나 메르겔 자신도 위안이 필요했었다. 그래서 오후에는 집의 창문이란 창문은 온전한 것이 하나도 없게 되었다. 그리고 사람들은 그가 깨진 유리병 목을 때때로 입으로 가져가고, 얼굴과 손을 고통스럽게 베면서 밤늦게까지 문지방에 누워 있는 것을 보았다. 젊은 아내는 친정에 머물다가, 곧 쇠약해져 죽고 말았다. 후회였던 수치심이었건, 아무튼 메르겔은 괴로워했다. 그는 위안의 수단을 더욱더 필요로 하는 것처럼 보였고, 곧 완전히 타락한 사람들 틈에 끼이기 시작했다.

살림살이는 엉망진창이 되었고, 낯선 하녀들이 모욕과 창피를 불러왔다. 그렇게 한 해 한 해 지나갔다. 메르겔은 어찌할 바를 모르는 홀아비인 채로, 그리고 결국 아주 가련한 홀아비인 채로 지냈다. 그가 다시 한 번 더 신랑으로 등장할 때까지 말이다. 이 일은 정말 예상치 못했던 것이었다. 게다가 신부의 품성때문에 놀라움은 더욱 커졌다. 마르가레트 젬플러는 사십대의 착실하고 행실 바른 여인으로, 젊은 시절에는 마을의 미인이었고, 아직도 아주 현명하고 알뜰한 사람으로 존중받는 인물이었다. 게다가 재산도 약간 있었다. 그래서 그녀가 이런 일을 하려는 건 누구에게도 이해가 가지 않았다. 우리는 그녀의 자의식 강한 완벽함이 그 이유라고 생각한다. 결혼식 전날 저녁에 그녀는 이렇게 말했다고 한다. "남편에게 학대를 받는 여자는 멍청하거나 아무 짝에도 쓸모없는 사람이에요. 만일 내게 나쁜 일이 일어나면, 그것은 곧 내 책임이라는 뜻이죠." 그러나 결과는 유감스럽게도 그녀가 자신의 힘을 과대평가 했다는 것을 보여주었다. 처음에는 그녀는 남편에게 깊은 인상을 주었다. 그래서 그는 술이 도가 지나쳤다 싶으면 집으로 오지 않고 헛간으로 기어들었다. 그러나 이러한 속박은 오래 견디기에는 너무 힘들었다. 그리고 곧 사람들은 그가 골목길을 가로질러 집으로 비틀거리며 들어가는 모습을 정말 자주 목격하게 되었다. 안에서 거친 소음이 나고 마르그레트가 황급히 문과 창문을 닫는 것을 보았다. 그러던 어느 날이었다. 일요일도 아니었다. 저녁 무렵 사람들은 그녀가 모자도 숄도 없이 머리가 헝클어진 채 집에서 뛰쳐나와, 정원의 채소밭 옆에 무릎을 꿇고 손으로 땅을 파더니, 걱정스레 주위를 둘러보고, 급히 채소 한 다발을 뜯어들고 천천히 다시 집으로, 그러나 집 안으로가 아니라 헛간으로 들어가는 것을 보았다. 그것은 비록 그녀가 결코 입 밖에 내지는 않았지만, 이 날 메르겔이 처음으로 그녀에게 손찌검을 했다는 뜻이었다.

이 불행한 결혼의 두 번째 해에 아들이 태어났다. 그러나 기쁜 마음으로 이를 전할 수는 없다. 마르그레트에게 아이를 건네주자, 그녀가 매우 울었다고 하기 때문이다. 어쨌든 누구의 마음속은 깊은 슬픔으로 가득 했지만, 프리드리히는 건강하고 예쁜 아이였고, 신선한 공기 속에서 튼튼하게 자랐다. 아버지는 그를 매우 사랑해서, 그에게 줄 빵이나 그와 비슷한 것 없이 집에 오는 적이 없었다. 그리고 사람들은 아들이 태어난 뒤에 메르겔이 착실해졌다고 말하기까지 했다. 적어도 집 안의 소란은 줄어들었다.

프리드리히가 아홉 살 때였다. 그날은 동방박사 축일[03]로, 폭풍이 심하게 몰아치는 겨울밤이었다. 헤르만 메르겔은 어떤 결혼식에 갔다가, 제때에 집으로 돌아오는 중이었다. 신부의 집이 3/4 마일이나 떨어져 있었기 때문이다. 저녁에 집에 돌아오겠다고 약속했지만, 그의 아내는 그렇지 못할 것이라는 생각을 점점 더 하게 되었다. 해가 진 이후로 강한 눈보라가 치기 시작했기 때문이었다. 열 시 경 그녀는 화덕의 재를 헤집어 불을 돋우어놓고 잠 잘 준비를 했다. 프리드리히는 그녀 곁에 서 있었다. 이미 반쯤 옷을 벗은 채 바람이 울부짖는 소리와 지붕창이 덜컹거리는

---

03 동방박사 축일: 성탄절부터 1월 6일까지의 13일 중 마지막 날. 민중의 미신에 따르면 이 기간의 밤들은 특별한 의미를 갖는다. 특히 동방박사 축일의 밤은 12번의 밤중 가장 위험한 밤으로 여겨진다.

소리를 듣고 있었다.

　"엄마, 아버지는 오늘 안 오세요?" 그가 물었다. – "그래, 애야, 내일 오신다." – "근데 왜 안 오세요, 엄마? 아버지가 약속하셨는데요." – "아이고, 네 아버지가 약속한 걸 모두 지킨다면야! 어서, 어서 잘 준비해."

　그들이 눕자마자 집을 삼켜버릴 듯한 돌풍이 불었다. 침대 틀이 떨리고, 굴뚝 안에 요괴라도 있는 듯 덜그렁거리는 소리가 들렸다. – "엄마, 밖에서 문을 두드려요!" – "조용히 해, 프리츠헨,[04] 그건 헐거워진 지붕 판자가 바람에 건들거리는 소리야." – "아녜요, 엄마, 문에서 나는 소리예요!" – "문이 안 닫힌 거야. 손잡이가 부서졌어. 아이 참, 잠이나 자! 밤중에 조금 자는 것마저 빼앗지 마라." – "하지만 아버지가 지금 오시면요?" – 어머니는 침대에서 몸을 휙 돌렸다. "아버지는 악마가 꽉 잡고 있어!" – "악마가 어디 있는데요, 엄마?" – "기다려 봐, 이 정신 사나운 녀석아! 악마는 문 앞에 서 있어. 만일 조용히 하지 않으면 널 데려가려고 할 거다!"

　프리드리히는 조용해졌다. 그는 잠시 더 바람 소리를 듣다가

---

04 프리드리히를 간단히 프리츠라 부른다. 프리츠헨은 프리츠에 헨chen이라는 축소형 어미를 붙인 것이다. 이 어미를 붙이면 작거나, 어리다는 뜻이 된다.

잠이 들었다. 몇 시간 뒤에 다시 깨었다. 바람은 방향을 바꾸어, 이제 창문 틈새로 들이치며 마치 뱀처럼 그의 귓가에서 쉿 소리를 냈다. 추워서 어깨가 굳어졌다. 이불 속으로 파고들며, 겁이 나서 아주 조용히 누워있었다. 얼마 뒤에 그는 어머니도 자지 않고 있다는 것을 알았다. 어머니가 울면서, "어서 오소서, 마리아여", 그리고 "우리 가련한 죄인을 위해 청합니다!"라고 말하는 것을 들었다. 묵주의 구슬들이 그의 얼굴 앞에서 미끄러져갔다. 자기도 모르게 한숨이 나왔다. – "프리드리히, 깨어 있니?" – "네, 엄마." – "얘야, 조금 기도해봐라 — 벌써 천주경을 반쯤은 외울 수 있잖니 — 주여 우리를 홍수와 화재에서 지켜주소서라고."

프리드리히는 악마가 어떻게 생겼을까 생각했다. 집 안의 여러 가지 소음과 굉음들이 기괴하게 느껴졌다. 그는 무엇인가 살아있는 것이 집 안팎에 있다고 생각했다. "들어보세요, 엄마, 분명해요. 사람들이에요, 그들이 문을 두드려요." – "아, 아냐, 얘야. 집에 있는 낡은 판자 중에 삐걱거리지 않는 게 없어." – "들어보세요, 안 들려요? 부르고 있어요! 좀 들어보세요!"

어머니는 몸을 일으켰다. 광란하던 바람이 잠시 잦아들었다. 덧창문을 두드리는 소리와 "마르그레트! 마르그레트 부인, 이봐요, 문 열어요!"라고 여럿이 부르는 소리가 분명히 들렸다. 마르그레트는 격하게 외쳤다. "저기 사람들이 돼지 같은 인간을 다시 나한테 데려오는 구나!"

묵주가 달그락거리며 널빤지로 만든 의자 위로 내동댕이쳐졌다. 옷들은 휙 잡아 낚아채어졌다. 그녀는 화덕 쪽으로 갔고, 곧이어 프리드리히는 그녀가 화난 걸음으로 타작마당[05] 위를 걸어가는 소리를 들었다. 마르그레트는 돌아오지 않았다. 그러나 부엌에서는 끊임없이 웅얼대는 소리와 낯선 목소리들이 들렸다. 낯선 사람이 두 번이나 침실로 들어와서 걱정스레 무엇인가를 찾는 것처럼 보였다. 갑자기 램프 하나가 방에 들여놓아졌다. 두 남자가 어머니를 데리고 왔다. 그녀는 석회석처럼 창백했고 두 눈을 감고 있었다. 프리드리히는 어머니가 죽었다고 생각했다. 끔찍한 비명을 지르자 누군가 따귀를 때려 그를 진정시켰다. 이제 프리드리히는 주변 사람들의 이야기를 통해서 서서히 알게 되었다. 아버지가 죽은 채 숲 속에 있는 것을 프란츠 젬믈러 외삼촌과 휠스마이어가 발견했고, 지금 부엌에 뉘어있다는 사실을.

마르그레트는 다시 정신이 들자, 낯선 사람들을 돌아가게 했다. 그녀의 남자형제는 남았다. 침대에 꼼짝 말고 있으라는 엄중

---

05 타작마당(Tenne): 헛간의 단단한 바닥을 Tenne라고 부르는데, 예전에는 여기서 타작을 했었기에 타작마당으로 번역되기도 한다. Tenne는 주로 점토를 다져 만들었는데, 콘크리트나 나무를 사용하기도 한다.

한 벌을 받은 프리드리히는 밤새 부엌에서 불이 빠지직거리며 타는 소리와 이리저리 밀치는 것 같은 소리와 술질하는 소리를 들었다. 말수들이 적었고, 낮게 이야기했다. 하지만 가끔 한숨 소리가 들려왔다. 그것들은 그 어린 소년의 골수와 뼈를 흔들었다. 외삼촌이 말하는 것을 들었다. "마르그레트, 이 일을 마음에 담아 두지 마라. 우리 각자 세 번의 미사[06]를 드리자. 그리고 부활절 무렵에 베를에 있는 성모마리아[07]께 같이 기도순례를 가자."

이틀 뒤, 시신이 실려 나갈 때, 마르그레트는 얼굴을 앞치마로 가리고 화덕 앞에 앉아 있었다. 몇 분 뒤, 모든 것이 고요해졌을 때 그녀는 혼잣말을 했다. "10년, 10년간의 고통. 그래도 우리는 그것들을 함께 겪었는데, 이제 난 혼자야." 그러고 나더니 조금 큰 소리로 "프리츠헨, 이리 오너라!"고 말했다. 프리드리히는 겁을 먹고 다가갔다. 검은 리본을 달고 넋이 나간 듯한 모습을 한 어머니가 아주 섬뜩하게 느껴졌다. "프리츠헨," 그녀가 말했다. "너 엄마가 너한테서 기쁨을 느낄 수 있도록 이제 경건한 사람이 되겠니? 아니면 말썽을 부리고 거짓말을 하거나 술을 마

---

06 죽은 사람을 위해 장례식 날, 사망 후 6주 후, 1년 후, 세 번의 미사를 드리는 것이 일반적이다.

07 독일 베스트팔렌 지방의 순례지 베를(Werl)에서는 1661년부터 12/13세기경에 만들어진 마리아 상을 경배한다.

시거나 도둑질을 하겠니?" - "엄마, 휠스마이어는 도둑질을 해요." - "휠스마이어가? 당치도 않아! 내가 네 앞에서 자빠지는 꼴을 봐야겠니? 누가 네게 그런 쓸데없는 못된 소릴 하던?" - "그가 얼마 전에는 아론을 때리고 6 그로쉔[08]을 뺏었어요." - "아론에게서 돈을 뺏었다면, 그건 그 저주받을 유대인이 분명히 전에 그를 속이고 돈을 뺏었기 때문일 거야. 휠스마이어는 착실하고 끈기 있는 사람이야. 그리고 유대인들은 모두 사기꾼들이야." - "하지만, 엄마! 휠스마이어가 나무와 사슴을 훔쳤다고 브란디스 아저씨도 말했어요." - "얘야, 브란디스는 산지기야." - "엄마, 산지기들은 거짓말을 해요?"

마르그레트는 잠시 침묵했다. 그러고 나서 말했다. "들어봐, 프리츠, 나무는 우리 하느님께서 저절로 자라게 해주시는 거야. 짐승은 한 영주의 땅에서 또 다른 땅으로 옮겨 다녀. 이것들은 누구의 것도 아냐. 하지만 넌 아직은 그걸 이해하지 못해. 이제 헛간으로 가서 마른 나뭇가지를 좀 가져오너라."

프리드리히는 아버지가 짚 위에 누워있는 것을 보았다. 그때 아버지는 사람들이 말하듯 푸르스름했고 끔찍하게 보였다. 그러

---

08 그로쉔(Groschen): 옛날 독일의 동전.

나 프리드리히는 그것에 대해 입도 뻥긋 하지 않았고, 그것을 기억하는 것도 싫어하는 것 같았다. 아버지에 대한 기억은 공포의 전율이 섞인 깊은 애정을 그에게 남겨 놓았다. 다른 모든 것에 대해 냉정하게 구는 것처럼 보이는 어떤 존재가 보여주는 사랑과 신중함만큼 사람을 강하게 사로잡는 것은 없기 때문이었다. 그리고 이러한 감정은 세월이 흐르면서, 다른 사람들한테 무시당하는 느낌을 통해 프리드리히 안에서 점점 자라났다. 어릴 적에는 다른 사람들이 죽은 자신의 아버지를 아주 칭찬하며 기억해주지 않으면 극도로 예민해졌다. 그것은 고통이었다. 이웃의 동정심이 이 고통을 없애 주지는 못했다. 사고로 죽은 사람들을 무덤에서 편히 쉬도록 내버려두지 않는 것은 이 지방에서는 흔한 일이었다. 늙은 메르겔도 브레더홀츠[09] 숲의 유령이 되었다. 그는 도깨비불이 되어 어떤 술 취한 사람을 거의 첼러콜크 연못 속으로 끌고 들어갈 뻔했다. 목동들이 밤에 모닥불 가에 쪼그려 앉아있고 부엉이들은 골짜기에서 울부짖을 때, 목동들은 가끔 부엉이 울음 사이로 유령이 된 메르겔이 "들어봐, 귀여운 리스헨아"라고 토막토막 끊어지게 말하는 소리를 아주 선명하게 들었다. 그리고 어

---

09 브레더홀츠: 홀츠Holz는 숲을 말한다. 앞으로 나오는 지명은 원문 그대로의 소리를 표기하고, 단어가 갖고 있는 뜻을 덧붙인다.

떤 도벌꾼은 가지가 넓게 벋은 떡갈나무 아래에서 잠이 들고 그 사이 밤이 되었는데, 잠에서 깨는 순간 메르겔의 퉁퉁 부은 시퍼런 얼굴이 가지 사이로 엿보고 있는 것을 보았다. 프리드리히는 다른 소년들로부터 이러한 많은 것들을 들어야만 했다. 그러면 그는 엉엉 울면서 주변에 있는 아이들을 두들겨 팼다. 한 번은 작은 칼로 찌르기도 했지만, 흠씬 얻어맞고 말았다. 그 이후로는 어머니의 소들을 몰고 혼자 골짜기의 다른 쪽으로 갔다. 사람들은 그가 거기서 몇 시간이고 풀밭 한 자리에 누워 땅에서 백리향[10]을 잡아 뽑는 모습을 자주 보았다.

그가 12살 때의 일이었다. 어머니의 남동생이 찾아왔다. 브레데에 사는 그는 누나가 어리석은 결혼을 한 이후 그녀의 집 문턱에 발을 들여놓지 않았다. 지몬 젬믈러는 작고 불안정하고 마른 사람이었다. 툭 튀어나온 눈에, 영락없이 강꼬치고기[11] 같은 얼굴이었다. 섬뜩한 느낌의 인물로, 허풍스럽게 수줍어하다가 종

---

10 백리향: 꿀풀과에 속한 낙엽 활엽 관목. 높은 산이나 바닷가 바위틈에 나는데, 줄기는 덩굴져 땅으로 기고 향기가 있다. 잎은 타원형이며 톱니가 있고, 여름에 분홍색 꽃이 핀다. 줄기와 잎은 약재 또는 소스의 원료로 쓰인다.

11 강꼬치고기: 학명은 Esoc lucius. 대형 민물고기로 몸길이 45-76cm, 몸무게 1-4kg의 대형 담수어로 입은 뾰족하게 툭 튀어나와 있고 몸통은 길다. 서식지내에서 개구리, 게, 작은 포유류, 새, 물고기 등 닥치는 대로 먹어치우는 대식가이다. 하루에 자신의 몸무게의 3-4배에 해당하는 먹이를 먹기도 한다. 탐욕스러운 사람을 빗대기도 한다.

종 억지로 꾸며낸 순진함을 보이기도 했다. 그는 깨인 사람으로 대접받고자 했을 것이다. 하지만 그렇게는 되지 않았고 불길하고 싸우려 드는 사람으로 여겨졌다. 그가 나이 들어가면 갈수록 사람들은 그를 피하려고 했다. 어차피 편협한 사람들은 늙으면 요구만 많아져 쓸모가 없어진다. 그런데도 가련한 마르그레트는 기뻤다. 친정 식구 중 이 동생 외에 살아 있는 사람이 없었기 때문이다.

"지몬, 너니?" 이렇게 말하고는 그녀는 몸이 떨려 의자를 붙잡아야만 했다. "나와 내 구질구질한 아들이 어떻게 지내는지 보고 싶니?" – 지몬은 그녀를 진지하게 쳐다보고는 손을 내밀었다. "늙었네, 마르그레트 누나!" – 마르그레트는 한숨을 쉬었다. "난 그동안 온갖 모진 운명을 겪었어." – "그래, 누나, 너무 늦게 결혼하면 항상 후회하기 마련이야! 누나는 이제 늙었는데 아이는 어리네. 모든 것은 다 때가 있는 법이야. 하지만 낡은 집에 불이 붙으면, 무엇으로도 끌 수가 없지." 마르그레트의 화난 얼굴에 피처럼 붉은 빛이 떠올랐다.

"그런데, 내가 듣기에 누나 아들은 영리하고 잘 생겼다던데." 그가 계속 말했다. "아, 정말 그래, 그리고 게다가 경건하단다." – "음, 언젠가 어떤 사람이 암소 한 마리를 훔쳤는데, 그 사람도 이름은 경건(프롬)¹²이었어. 그런데 누나 아들은 조용하고 신중하지, 안 그래? 그 애는 다른 아이들이랑 같이 돌아다니지 않지?" – "그 아이는 별난 애야." 마르그레트는 마치 혼잣말하듯, "그건 좋지 않아"라고 했다. 지몬은 밝게 웃음을 터뜨렸다. "누나 아들은 겁을 내는 거야. 다른 아이들이 몇 번 그 아이를 흠씬 두들겨 팼기 때문이지. 걔는 그걸 다른 아이들에게 다시 다 갚아 줄 거야. 휠스마이어가 얼마 전에 내게 왔었어. 그가 누나 아들은 노루같이 늘 씬하게 생겼다고 하던데."

자식 칭찬하는 소리를 듣고 기분이 좋아지지 않을 어머니가 어디에 있겠는가? 가련한 마르그레트는 그렇게 기쁜 적이 거의 없었다. 모두들 그녀의 아들은 음흉하고 내성적이라고 했다. 그녀의 눈에 눈물이 고였다. "그래, 다행히 그 애는 팔다리가 쭉 뻗었지." – "그 앤 어떻게 생겼어?" 지몬이 말했다. – "그 애는 너를 많이 닮았어, 지몬, 많이."

지몬은 웃었다. "아, 그 아이는 보기 드문 녀석임에 틀림없어. 나는 매일 더 멋있어지지. 그 애가 학교에서 썩는 것은 아니겠지? 누나는 그에게 소를 치게 한다고? 그것도 좋아. 선생이 말하

---

12 프롬(Fromm): '경건한'이라는 뜻의 성.

는 것은 절반도 진실이 아냐. 그런데 그 애는 어디서 소를 치는데? 텔겐그룬트 골짜기? 로더홀츠 숲? 토이토부르거 발트 숲? 그리고 밤이나 새벽에도?" – "밤새도록. 그런데 그건 왜 물어보니?"

지몬은 이 말을 흘려듣는 것 같았다. 그는 문 쪽을 향해 고개를 쭉 뺐다. "아, 저기 그 애가 오네! 아버지 아들이로군! 죽은 매형이랑 똑 같이 팔을 흔드네. 그리고 좀 봐! 정말이네, 저 아이는 나랑 똑같은 금발머리잖아!"

어머니의 얼굴에 은근하고 자랑스러운 미소가 떠올랐다. 아들 프리드리히의 금발 곱슬머리와 지몬의 붉은색 솔 같은 머리라니! 그녀는 아무런 대답도 하지 않고, 옆에 있는 산울타리에서 가지 하나를 꺾어들고 아들에게로 갔다. 굼뜬 소를 몰러 가는 것 같았으나, 사실은 반쯤 위협적인 말 몇 마디를 아들의 귀에 재빨리 속삭이기 위해서였다. 왜냐하면 그녀는 아들의 고집 센 성격을 알고 있고, 오늘 지몬의 방식은 다른 때보다 더 위협적으로 느껴졌기 때문이다. 그런데 모든 것이 기대한 것보다 잘 되었다. 프리드리히는 고집스럽지도, 무례하지도 않았고 오히려 약간 겁먹은 듯 보였으며 외삼촌 마음에 들려고 노력했다. 그래서 30분간 이야기 끝에 지몬은 일종의 입양 같은 것을 제안하기에 이르렀다. 입양을 한다고는 해도 아이를 어머니에게서 완전히 떼어놓을 생각은 없지만, 그래도 아이의 시간 대부분을 이용하고자 했다. 그 대가로 노총각인 자신이 죽으면 유산은 조카의 몫이 될 거라고 했다. 당연히 이 아이는 유산을 놓칠 수는 없었다. 그녀 입장에서볼 때 이 거래의 장점이 얼마나 큰지, 부족함은 얼마나 적은지 지몬이 하는 설명을 마르그레트는 끈기 있게 듣고 있었다. 딸 노릇을 하도록 키워놓은 12살짜리 소년의 도움을 병약한 과부가 얼마나 아쉬워할지 그녀 자신이 제일 잘 알았다. 그러나 그녀는 아무 말도 않고 모든 것을 맡겨버렸다. 그저 엄격하기는 해도 너무 심하게 아들을 다루지는 말아달라고 동생에게 부탁했다.

"그 아이는 착해" 그녀가 말했다. "하지만 난 외로운 여인네야. 그래서 내 아이는 아버지 손에 다스려진 애들과는 달라." 지몬은 약삭빠르게 고개를 끄덕였다. "그냥 나한테 맡겨. 우린 잘 지낼 거야. 근데 있잖아? 애를 지금 데려가게 해 줘. 방앗간에서 가져와야 할 자루가 두 개 있거든. 작은 자루는 딱 저 애가 짊어질 수 있겠네. 그렇게 해서 저 애는 나를 도와주는 법을 배우는 거야. 이리 와라, 프리츠헨, 네 나막신을 신어라!" - 그리고 마르그레트는 곧 두 사람이 가는 뒷모습을 보았다. 지몬은 얼굴로 공기를 가르며, 붉은 외투 자락을 불꽃처럼 휘날리며 앞장 서 갔다. 그 모습은 마치 훔친 자루를 등에 지고 속죄하는, 성질이 불같은 사람과 아주 흡사했다. 프리드리히는 그의 뒤를 따라갔다. 그는 나이에 비해 가냘프고 말랐다. 섬세하고 거의 귀티 나는 용모에 금발의 긴

곱슬머리를 하고 있었다. 이 머리는 그의 다른 외양에서 기대할 수 있는 것에 비해 신경을 많이 쓴 모습이었다. 그 밖에는 넝마를 걸치고 햇볕에 그을렸고 게으른 인상에 어떤 거친 멜랑콜리를 풍기고 있었다. 그럼에도 불구하고 두 사람이 가족으로서 서로 많이 닮았다는 것은 뚜렷이 드러났다. 프리드리히는 특이한 태도로 마음을 끄는 자신의 인도자에게 눈길을 떼지 않고 천천히 그를 뒤따랐다. 이 모습은 무의식적으로 누군가를 연상시켰다. 마술거울 속에 있는 자기 미래의 모습을 당혹스러워하며 뚫어져라 쳐다보는 어떤 사람을.

이제 두 사람은 토이토부르거 발트 숲의 한 장소 가까이 왔다. 그곳은 브레더홀츠 숲이 산의 경사를 타고 이어져 아주 어두운 골짜기를 숲이 가득 메워버린 곳이었다. 지금까지 그들은 거의 이야기를 하지 않았다. 지몬은 뭔가를 생각하는 것 같았다. 아이는 멍하니 있었다. 두 사람은 등에 자루를 메고 숨을 헐떡이고 있었다. - 갑자기 지몬이 물었다. "브랜디를 자주 마시니?" - 아이는 대답하지 않았다. "브랜디를 자주 마시냐고 묻잖아? 어머니가 가끔씩 주시니?" - "어머니는 아예 술이 없어요." 프리드리히가 말했다. "그래, 그래, 더 좋지! — 너 우리 앞에 있는 이 숲 아니?" - "이건 브레더홀츠 숲이잖아요." - "저 안에서 무슨 일이 있었는지도 아니?" - 프리드리히는 입을 다물었다. 그 사이 그들은 음침한 골짜기에 점점 더 가까이 다가갔다. "어머니는 여전히 기도를 많이 하시니?" 지몬이 다시 말을 꺼냈다. - "네, 매일 저녁 로사리오 기도를 두 번씩 하세요." - "그래? 그럼 너도 함께 기도하니?" - 아이는 교활하게 흘끗 쳐다보며 약간 당혹스러워하며 웃었다. - "어머니는 초저녁에 밥 먹기 전에 한 번 로사리오 기도를 하세요. 그때는 제가 아직 소들과 집으로 돌아오기 전이에요. 그리고 한 번은 잠자리에서 하시는데, 저는 보통 잠이 들어 있어요." - "알았다, 알았어, 녀석아!"

이 마지막 말들은 가지가 우산처럼 넓게 벌어진 너도밤나무 아래에서 주고받았다. 이 나무는 골짜기 입구 위를 둥근 아치 모양으로 덮고 있었다. 이제 아주 어두워졌다. 상현달이 하늘에 떠 있었다. 그러나 달의 흐릿한 빛은 가끔 나뭇가지 사이로 사물을 비추어, 그것에 기이한 모습을 만들어 줄뿐이었다. 프리드리히는 삼촌의 뒤에 바짝 붙었다. 프리드리히의 숨이 빨라졌다. 누군가 그의 모습을 볼 수 있었다면, 그 모습 속에 엄청난 긴장이, 그러나 겁을 먹어서라기보다는 공상 때문에 생긴 긴장이 숨어있다는 것을 알 수 있었을 것이다. 지몬은 단련된 방랑자의 확실한 걸음걸이로, 프리드리히는 비틀비틀 마치 꿈속에서 걷듯, 그렇게 그들은 힘차게 앞으로 나갔다. 프리드리히에게는 마치 모든 것이 움직이는 것 같았다. 나무들이 달빛 한 줄기 한 줄기 속에서 때로는 하나가 되어, 때로는 흩어지며 흔들거리는 듯 보였다. 나무뿌리들과 길에 물이 고여 미끄러운 곳들이 그의 걸음을 불안정하게 했다. 그는 몇 번이나 거의 넘어질 뻔했다. 마침내 조금 떨어진 곳에 어둠이 걷히는 것처럼 보였고, 곧 두 사람은 상당히 큰 숲속 빈터에 들어섰다. 달이 밝게 비쳐들어, 바로 조금 전에 도끼가 사정없이 이곳을 황폐화시켰다는 것을 보여주었다. 도처에 나무그루터기가 솟아있고, 수많은 발자국들이 땅 위에 찍혀있어, 나무들이 방금 급하게 아무렇게나 잘려진 것을 알 수 있었다. 법적으로 금지된 이 일이 돌연 중단되었음에 틀림없었다. 왜냐하면 너도밤나무 하나가 나뭇잎을 가득 달고, 가지는 위로 뻗은 채 오솔길 위에 비스듬히 가로누워 밤바람에 아직도 싱싱한 잎을 흔들고 있었기 때문이다. 지몬은 잠시 서서 쓰러진 나무를 주의 깊게 바라보았다. 숲 속의 빈터 한가운데 늙은 떡갈나무 한 그루가 서 있었다. 키가 크기보다는 넓게 퍼진 나무였다. 나뭇가지 사이를 통해 줄기에 떨어지는 창백한 빛이 그 나무의 속이 빈 것을 보여주었다. 그것이 아마 이 나무를 무차별한 도벌에서 구해준 것 같았다. 그때 지몬이 갑자기 아이의 팔을 잡았다.

"프리드리히야, 너 저 나무 아니? 가지를 넓게 친 저 떡갈나무 말이다." - 프리드리히는 움찔하며 차가운 손으로 외삼촌을 꽉 움켜잡았다. - "봐", 지몬이 계속 말했다. "여기서 프란츠 외삼촌

하고 휠스마이어가 네 아버지를 발견했어. 네 아버지가 술에 취해 참회와 종부성사도 못하고 악마에게로 갔을 때 말이야. – "외삼촌, 외삼촌!" 프리드리히가 숨을 헐떡였다. – "왜 그래? 겁내는 건 아니지? 꼬마 악마야, 내 팔을 꼬집고 있잖아! 놔라, 놔!" 그는 아이를 떼어내려고 했다. "어쨌든 네 아버지는 좋은 사람이었어. 하나님이 그 사람을 그리 엄격하게 대하시지는 않을 거야. 나는 네 아버지를 내 친형제처럼 좋아했다." – 프리드리히는 외삼촌의 팔을 놓았다. 두 사람은 말없이 숲의 나머지 부분을 빠져나왔다. 브레데 마을이 그들 앞에 있었다. 점토로 지은 오두막들과 몇몇 기와를 얹은 조금 나아 보이는 집들이 있었다. 지몬의 집도 이 괜찮은 집 중 하나였다.

다음 날 저녁 마르그레트는 벌써 한 시간 전부터 물레의 실감개를 들고 문 앞에 앉아서 아들을 기다렸다. 처음으로 곁에서 아이의 숨소리를 듣지 않고 밤을 보냈다. 그런데 프리드리히는 여전히 오지 않고 있었다. 그녀는 화가 나고 걱정이 되었지만, 이 두 가지 다 이유가 없다는 것을 알았다. 교회 탑의 시계가 7시를 쳤다. 가축들은 돌아왔다. 아들은 아직 돌아오지 않았다. 그녀는 소들을 돌보기 위해 일어서야만 했다. 그녀가 다시 컴컴한 부엌으로 들어왔을 때, 프리드리히는 화덕 앞에 서서 몸을 숙여 석탄에 손을 쪼이고 있었다. 빛이 그의 몸에 어른거려 비쩍 마르고 불안스럽게 움찔거리는 모습을 보여 주었다. 마르그레트는 현관문에 멈춰 서 있었다. 아이가 이상하게 변한 것 같았다.

"프리드리히, 외삼촌은 어떠시니?" - 아이는 알아듣지 못할 말을 몇 마디 중얼거리며 방화벽 쪽으로 바싹 붙어 섰다. "프리드리히, 말하는 것을 잊어버렸니? 애야, 입 좀 크게 열고 말해! 내 오른쪽 귀가 잘 안 들리는 것 알잖아." - 아이는 목소리는 높였지만 말을 더듬어서, 마르그레트는 한마디도 알아들을 수 없을 정도였다. - "뭐라고? 젬믈러 씨가 안부를 전한다고? 다시 간다고? 어디로? 소들은 벌써 집에 와 있어. 이 망할 녀석아, 네 말을 알아들을 수가 없구나. 기다려 봐라, 네 입 속에 혀가 붙어 있는지 좀 봐야겠다!" - 그녀는 격하게 몇 걸음 앞으로 내딛었다. 보초서는 것을 배운 반쯤 자란 가련한 강아지의 불쌍한 눈길로 아이는 그녀를 올려다보고는, 겁이 나서 발을 쿵쾅거리고 등을 방화벽에 비벼대기 시작했다.

마르그레트는 조용히 서 있었다. 그녀의 눈길이 불안해졌다. 아이가 쭈그러든 것처럼 보였다. 그리고 옷도 그 옷이 아니었다. 아니었다. 이 아이는 자신의 아들이 아니었다! 그럼에도 불구하고 그녀는 - "프리드리히, 프리드리히!"하고 불렀다.

침실에서 장롱 문 하나가 삐걱거리더니, 이름이 불린 그 아이가 한 손에는 나무 바이올린을, 제대로 말하자면 서너 줄의 닳아

빠진 현이 팽팽히 조여진 낡은 나막신을, 다른 손에는 이 악기에 딱 어울리는 활을 들고 나타났다. 그렇게 그는 자의식에 찬 위엄과 자만심이 가득한 태도로 곧장 위축된 자신의 닮은꼴에게로 갔다. 이 순간 이 태도가 다른 점에서는 놀라울 정도로 닮은 두 소년사이의 차이점을 두드러지게 나타냈다.

"자, 요하네스!"라고 말하면서 프리드리히는 후원자 같은 표정으로 그에게 예술품을 건네주었다. "이게 너한테 약속했던 바이올린이야. 내가 갖고 노는 것은 끝났어. 난 이제 돈을 벌어야만 해." - 요하네스는 한 번 더 마르그레트에게 수줍은 눈길을 던지고, 천천히 손 뻗어 주어진 물건을 꼭 움켜잡았다. 그러고는 그것을 마치 훔치기라도 한 듯 초라한 윗도리의 겨드랑이 아래에 끼었다.

마르그레트는 아주 조용히 서서 아이들을 방해하지 않았다. 그녀의 생각은 다른, 아주 진지한 쪽으로 흘러갔다. 그녀는 불안한 눈으로 한 아이에서 다른 아이에게로 눈길을 던졌다. 낯선 소년은 잠시 기분이 좋은 듯 다시 석탄 위로 몸을 수그렸다. 그 모습은 거의 우둔하게 보였다. 반면에 프리드리히의 모습에는 선량하기보다는 이기적인 동정심이 교차되었고, 거의 유리처럼 맑은 그의 눈은 허풍을 부리고자 하는 억제되지 않은 야심과 성향을 처음으로 드러냈다. 이런 야심과 성향은 훗날 그가 하는 행동

대부분을 지배하는 강한 동기가 되었다. 어머니가 부르는 소리는 새롭고 즐거운 생각에 잠겨 있는 그를 방해했다. 어머니는 다시 물레 앞에 앉아 있었다.

"프리드리히," 그녀가 머뭇거리며 말했다. "말 좀 해봐라 —" 그러고는 침묵했다. 프리드리히가 처다보았다. 그리고 더 이상 아무 말도 들리지 않자, 다시 자신의 피후견인에게로 몸을 돌렸다. "아니, 들어라 —" 그러고 나서는 조용히 "그 아이는 누구니? 이름이 뭐니?" - 프리드리히도 그렇게 나직이 대답을 했다. "지몬 외삼촌의 돼지 치는 아이예요. 휠스마이어에게 심부름 왔어요. 외삼촌께서 제게 구두 한 켤레와 삼베 조끼 한 벌을 주셨는데, 이 아이가 오는 길에 제게 갖고 왔어요. 그래서 제 바이올린을 주겠다고 약속했어요. 얘는 불쌍한 아이예요. 요하네스라고 해요." - "그런데?" 마르그레트가 말했다. - "왜 그러시는데요, 엄마?" - "이름이 더 어떻게 되니?" - "네 — 더는 없어요 — 아니면, 잠깐요, 니만트,[13] 요하네스 니만트라고 해요. — 얘는 아버지가 없어요." 프리드리히가 낮게 덧붙였다.

마르그레트는 일어나서 침실로 갔다. 얼마 지난 뒤에 음울하

---

13 Niemand: '아무도 없다, 아무도 아니다'라는 뜻.

고 굳은 얼굴로 나왔다. "자, 프리드리히" 그녀가 말했다. "그 아이가 맡은 일을 하도록 가게 해라. — 얘야, 왜 거기 재속에 서 있니? 넌 집에서 할 일이 없니?" – 소년은 쫓기는 사람 같은 표정으로 급히 일어났다. 그 때문에 팔다리가 말을 듣지 않았고, 하마터면 나무 바이올린을 불 속에 떨어뜨릴 뻔했다.

"기다려, 요하네스", 프리드리히가 당당하게 말했다. "내 버터 바른 빵 반쪽을 줄게. 나한테는 너무 많아. 엄마는 언제나 빵 통째로 썰어 버터를 발라 주시거든." – "그냥 둬", 마르그레트가 말했다. "그 앤 집에 갈 거잖아." – "네, 그래요, 하지만 얘는 아무것도 먹지 못해요. 지몬 외삼촌은 일곱 시에 저녁을 드세요." 마르그레트는 아이 쪽으로 몸을 돌렸다. "너 먹을 걸 아무것도 남겨두지 않니? 말해 봐라, 누가 널 챙겨주니?" – "아무도 없어요." 아이가 더듬거리며 대답했다. – "아무도?" 마르그레트가 반복했다. "받아, 받아라!" 그녀가 급히 덧붙였다. "성이 니만트라고 하더니 너를 돌보는 사람도 아무도 없구나! 하나님 맙소사! 자 이제 가거라! 프리드리히, 그 애와 함께 가지 마, 들었지, 함께 마을을 지나가지 마라!" – "헛간에서 그냥 나무만 가져올 거예요." 프리드리히가 대답했다. – 두 소년이 눈앞에서 사라지자, 마르그레트는 의자에 털썩 주저앉아서, 깊은 비탄에 빠져 두 손을 꽉 맞잡았다. 그녀의 얼굴은 수건처럼 창백했다. "거짓 맹세, 거짓 맹세였어!" 그녀는 탄식했다. "지몬, 지몬, 어떻게 하나님의 심판을 견디려고!"

그녀는 입을 꼭 다문 채 꼼짝도 않고, 완전히 넋이 나간 것처럼 한동안 그렇게 앉아 있었다. 프리드리히는 그녀 앞에 서서 벌써 두 번이나 말을 걸었다. "무슨 일이냐? 왜 그래?" 그녀가 버럭 소리쳤다. - "엄마 드릴 돈을 가져왔어요." 그는 놀랐다기보다는 이상하다는 듯 대답을 했다. - "돈? 어디?" 그녀는 몸을 움직였다. 작은 동전이 소리를 내며 바닥으로 떨어졌다. 프리드리히는 동전을 주워들었다. "외삼촌께 받은 돈이에요. 제가 외삼촌 일을 도와드렸거든요. 이제 저는 혼자서 돈을 좀 벌 수 있어요." - "지몬한테 받은 돈이라고? 던져 버려, 버리라고! 아냐, 가난한 사람들에게 주거라. 아니다, 아니야, 갖고 있어라." 그녀는 거의 들리지 않게 속삭였다. "우리가 가난한 사람이지. 누가 알겠니, 우리가 구걸하고 다니게 될지!" - "월요일에 다시 외삼촌께 가서 씨 뿌리는 것 도와드려야 해요." - "다시 간다고? 안 돼, 안 돼, 절대 안 돼!" - 그녀는 격하게 아이를 움켜잡았다. - "그래," 그녀는 말을 이었다. 움푹 팬 그녀의 뺨 위로 눈물이 폭포처럼 쏟아졌다. "가라, 그래도 내 하나밖에 없는 동생이야. 비방하는 것은 큰일이지! 하지만 하나님을 생각하고 매일 기도하는 것을 잊지 마라!"

마르그레트는 얼굴을 벽에 대고 엉엉 울었다. 그녀는 많은 힘겨운 짐을 견뎌야 했다. 남편의 학대, 그보다 더 견디기 어려웠던 그의 죽음. 그리고 과부인 그녀가 마지막 남은 땅까지 그 사용권을 빚쟁이에게 넘겨주어야만 해서 쟁기가 집 앞에 그냥 놓여 있었을 때, 그것은 괴로운 시간이었다. 하지만 이런 기분이 든 적은 없었다. 그러나 저녁 내내 울고, 한 밤을 지새우고 난 후에 그녀는 자신의 동생 지몬이 그렇게 패덕하지는 않을 것이고, 그 아이는 분명 동생의 아이가 아니며, 닮은 점들은 아무 증거도 아닐 것이라고 생각하게 됐다. 그녀도 40년 전에 낯선 행상인과 꼭 닮았던 어린 여동생을 잃은 적이 있지 않았던가. 가진 것이 정말 적은데, 불신 때문에 이 적은 것마저 잃어버릴 수밖에 없다면, 무엇인들 기꺼이 믿지 않겠는가!

이때부터 프리드리히는 거의 집에 있지 않았다. 지몬은 자신이 표현할 수 있는 모든 따뜻한 마음을 누나의 아들에게 준 것처럼 보였다. 집안일 때문에 프리드리히가 얼마동안 어머니 곁에 머물러 있을 때면, 그를 매우 보고 싶어 해서 늘 사람을 시켜 부르러 보냈다. 이후 소년은 마치 변신한 것 같았다. 꿈꾸는 것 같은 모습은 그에게서 완전히 사라졌다. 그는 확고하게 처신했다. 외모에 신경을 쓰기 시작했고, 곧 잘 생기고 세련된 젊은이라는 평판을 받기 시작했다. 사업계획 없이는 못사는 그의 외삼촌은 가끔 상당히 중요한 공적인 일들, 말하자면 도로공사 같은 것을 벌였다. 이런 일들을 할 때 프리드리히는 삼촌의 최고의 일꾼 중의 하나이며, 그의 오른손으로 취급되었다. 왜냐하면 아직 체력이 최고에 이르지는 않았지만, 지구력에 있어서는 누구도 쉽게 그와 견줄 수 없었기 때문이다. 마르그레트는 지금까지는 아들을 그저 사랑하기만 했다. 그러나 이제는 그에 대해 자부심을 갖기 시작했고, 일종의 존경심마저 느끼기 시작했다. 왜냐하면 그녀는 이 젊은이가 그녀의 도움 없이, 게다가 그녀의 조언도 없이 발전하는 것을 보았기 때문이었다. 대부분의 사람들이 그렇듯 그녀는 자신의 조언을 대단히 귀하게 여겼다. 따라서 그렇게 귀한 후원수단 없이 지낼 수 있는 그 능력을 충분히 높게 평가할 줄 몰랐다.

이미 18살 때 프리드리히는 어떤 내기의 결과로 마을 젊은이들 세계에서 중요한 명성을 확보했다. 그는 죽은 수퇘지를 등에 메고 중간에 한 번도 내려놓지 않은 채 2마일 이상을 갔던 것이다. 이러는 동안 이 좋은 상황에서 마르그레트가 얻을 수 있는 장점이라고는 그저 이 명성을 함께 누리는 것밖에는 없었다. 왜냐하면 프리드리히는 점점 더 자신의 외모에 신경을 썼고, 돈이 없는 탓에 어쩔 수없이 마을의 누군가에게 외모치장에서 뒤지는 것을 점점 견디기 힘들어하기 시작했기 때문이다. 게다가 온 힘을 밖에서의 돈벌이에 기울였다. 그에 대한 일반적인 평판과는 반대로 집에서는 지속적으로 해야 하는 일을 다 귀찮아했다. 차라리

힘은 들지만 잠깐만 힘을 쓰면 되는 일을 맡았다. 그래서 이전의 소치는 일을 다시 하게 되었다. 이 일은 이미 그의 나이에는 어울리지 않기 시작한 탓에 때때로 놀림을 당했다. 하지만 그는 주먹으로 몇 차례 거칠게 혼쭐을 내주어 이러한 조롱을 잠재웠다. 그래서 사람들은 때로는 마을의 알아주는 멋쟁이로서 잘 치장하고 즐겁게 젊은이들의 선두에 있는 그를 보거나, 때로는 다시 누더기를 걸친 목동으로서 고독하고 꿈꾸는 듯 소들의 뒤를 조용히 따라가거나, 혹은 숲 속의 빈터에 멍하니 누워 있거나, 나무들에 붙은 이끼를 뜯어내고 있는 그의 모습을 보는 것에 익숙해졌다.

이 무렵 어떤 도벌꾼 일당이 잠자고 있던 법률들을 일깨웠다. 불라우키텔이라는 이름의 이 도벌꾼 일당은 계략과 대담함에 있어 이전의 모든 선배들을 앞지른 탓에, 도벌을 아주 너그럽게 봐주는 사람도 이건 너무 한다 싶을 정도였다. 보통 염소 떼가 있다면 무리 중 가장 강한 숫염소들을 손가락으로 지목할 수 있게 마련이다. 그러나 이러한 일반적인 상황과는 달리 모든 감시에도 불구하고 지금까지 단 한 명을 찾아내 이름을 밝히는 것조차 가능하지 않았다. 이 일당을 블라우키텔[14]이라고 부르는 까닭은 그

---

14 블라우키텔(Blaukittel): 푸른색의 윗도리 혹은 가운.

들이 모두 같은 옷을 입었기 때문이었다. 이렇게 똑 같은 옷 때문에 혹 몇몇 낙오자들이 울창한 숲 속에서 사라지는 것을 산지기가 보았다고 해도 그들을 식별하기 힘들었다. 그들은 떠돌아다니는 유충처럼 모든 것을 황폐하게 만들었다. 숲의 전 지역을 하룻밤 새에 베어버리고, 즉시 운반해 버리기 때문에 다음 날 아침에는 나뭇조각들과 어수선하게 쌓여 있는 잘려진 나무 우듬지 외에 아무것도 없었다. 그리고 마차 바퀴 자국이 어떤 마을로도 향해 있지 않고 언제나 강에서부터 시작되어 다시 그쪽으로 난 것으로 보아, 배 소유자의 보호 혹은 협조가 있다는 것을 짐작할 수 있었다. 일당 중에 아주 노련한 첩자가 있는 것이 분명했다. 산지기들이 몇 주 동안이나 감시를 해봤자 별 소득이 없었기 때문이었다. 폭풍이 치건 달이 밝건 상관없이, 산지기들이 지쳐서 감시를 그만 두는 첫날밤에 도벌이 일어났다. 이상한 것은, 주변 마을 사람들이 산지기들과 똑같이 그렇게 아무것도 모르는 듯 또 긴장된 듯 보였다는 것이다. 몇몇 마을은 자기들은 블라우키텔에 속해 있지 않다고 확고하게 말했다. 그러나 제일 의심스러웠던 B 마을이 무혐의가 된 이후, 강력하게 의심이 가는 마을은 없었다. B 마을의 혐의가 벗겨진 것은 우연 즉 결혼식 때문이었다. 블라우키텔이 그들의 가장 강력한 출정 중의 하나를 행하고 있던 바로 그때, 결혼식 때면 늘 그렇듯 B 마을 거의 전 주민은 어떤 결혼식에

서 밤새 시간을 보내고 있었던 것이다.

그 사이 산림피해가 너무나 커서, 이에 대한 대책은 이제까지 들어보지 못한 방법으로 강화되었다. 밤낮으로 순찰을 돌았고, 밭일하는 머슴과 집안의 하인들이 무기를 들고 산지기들과 합쳤다. 그럼에도 성과는 너무 미약했고, 파수꾼들이 종종 숲의 한 끝을 벗어나자마자, 블라우키텔은 이미 다른 쪽으로 진입을 했다. 그렇게 일 년 이상 계속되었다. 파수꾼들과 블라우키텔, 블라우키텔과 파수꾼들, 마치 해와 달처럼 언제나 이 지역의 소유주가 바뀌었고, 결코 마주치는 일은 없었다.

1756년 7월 어느 날 새벽 3시였다. 달이 밝게 하늘에 떠 있었지만, 그 빛은 벌써 바래기 시작했다. 동쪽에는 이미 가늘고 노란 선이 나타나, 지평선 가장자리를 장식했고 좁은 골짜기의 입구를 마치 황금색 끈처럼 감쌌다. 프리드리히는 늘 하던 대로 풀밭에 누워, 버드나무 막대기에 조각을 하고 있었다. 막대기의 옹이진 끄트머리에 조야한 동물의 형태를 새겨 넣으려는 것이다. 그는 매우 피곤한 듯 보였다. 하품을 하고 비바람에 상한 나무그루터기에 가끔 머리를 기댔다. 그리고 지평선보다 더 어두운, 덤불숲과 자생묘목으로 거의 뒤덮인 숲의 입구를 힐끗 보았다. 몇 번 그의 눈이 생기를 띠며, 특유의 유리와 같은 빛을 띠었다. 그러나 그는 곧 다시 눈을 반쯤 감고 하품을 하고 게으른 목동들이 하는 것처럼 기지개를 켰다. 그의 개는 그에게서 약간 떨어져 소들 옆에 누워 있었다. 소들은 산림법은 아랑곳 않고 자주 나무의 어린싹을 풀처럼 뜯어먹으며, 신선한 아침 공기 속으로 숨을 내뿜고 있었다. 숲 속에서 때때로 둔탁하고 우지끈거리는 소리가 울려나왔다. 그 소리는 단지 몇 초만 지속될 뿐이었지만, 산의 절벽에 부딪치는 긴 메아리를 달고 대략 매 6분 내지 8분마다 반복됐다. 프리드리히는 신경 쓰지 않았다. 그저 가끔, 굉음이 유난히 크거나 혹은 지속적으로 울리면, 머리를 들어 계곡 아래에 출구가 있는 여러 갈래의 좁은 길 위로 천천히 눈길을 던졌다.

벌써 날이 훤히 밝기 시작했다. 새들은 나직이 지저귀기 시작했고 이슬이 지면에서부터 솟아오르는 것을 느낄 수 있었다. 프리드리히는 나무줄기에서 미끄러져 내려와 팔을 머리 위로 깍지 끼고 천천히 다가오는 붉은 새벽빛을 응시했다. 갑자기 그가 일어섰다. 그의 얼굴 위로 섬광이 지나갔다. 그는 공기 속에서 냄새 맡는 사냥개처럼 상체를 앞으로 숙이고 몇 초간 귀를 기울였다. 그러고 나서는 재빨리 손가락 두 개를 입안에 넣어 날카로운 휘파람 소리를 연이어 냈다. "피델, 이 망할 놈의 짐승아!" - 던진 돌이 편안하게 있던 개의 옆구리에 맞았다. 개는 잠에서 놀라 깨어서 처음에는 닥치는 대로 물어뜯다가, 나중에는 낑낑거리며 세 발로 자기를 아프게 한 사람에게 가서 달래달라고 했다. 그 순간 근처 잡목 숲의 가지들이 거의 소리도 없이 젖혀지면서 한 사람이 나왔다. 녹색 사냥 윗도리에, 팔에는 은으로 된 방패형의 문장 장식을 달았고 장전된 총을 들고 있었다. 그는 재빨리 골짜기로 눈길을 주었다. 그런 다음 유난히 날카로운 그의 눈길이 소년에게 머물렀다. 그러고 나서 그는 앞으로 다가왔다. 잡목 숲을 향해 손짓하자 서서히 칠, 팔 명의 남자들이 나타났다. 모두 같은 복장에 허리에는 사냥칼을 찼고, 장전된 총을 손에 들고 있었다.

"프리드리히, 그건 뭐였지?" 제일 먼저 나타난 사람이 물었다. "이 못된 짐승이 그 자리에서 뒈졌으면 했어요. 이 놈 때문에 소들이 제 머리에서 귀까지 뜯어먹을 뻔했어요." - "이 악당이 우릴 봤어." 다른 사람이 말했다. "넌 내일 목에 돌을 달고 길을 떠나야 할 거다." 프리드리히가 계속 말하면서 개를 때렸다. - "프리드리히, 바보처럼 굴지 마라! 넌 나를 알고, 내 말이 무슨 뜻인지도 알잖아!" - 이 말과 함께 날카로운 눈길이 따라왔다. 이 눈길은 빨리 효과를 나타냈다. - "브란디스 아저씨, 제 어머니를 생각해서 좀 봐주세요!" - "그러지. 숲 속에서 아무 소리도 못 들었니?" - "숲 속에서요?" - 소년은 산지기의 얼굴을 잽싸게 훑어보았다. - "아저씨네 나무꾼들이요. 그 외에 아무도 없었어요." - "내 나무꾼들이라고!"

가뜩이나 검은 산지기의 얼굴빛이 짙은 적갈색으로 변했다. "모두 몇 명이냐? 그들이 어디로 갔니?" - "아저씨께서 그들을 어디로 보냈는지 저야 모르죠." - 브란디스는 그의 일행에게 몸을 돌렸다. "먼저들 가게. 나는 곧 뒤따라 갈 테니."

하나 둘씩 잡목 숲에서 사라져 버리자 브란디스가 소년 앞으로 바짝 다가왔다. "프리드리히," 그가 화를 억누른 목소리로 말했다. "참는 데도 한계가 있어. 너를 개처럼 패주고 싶다. 허긴 너희는 개보다 나을 것도 없지. 지붕의 기왓장 하나도 갖지 못한 천민 같으니! 고맙게도 곧 구걸까지 하러 다니겠지. 그리고 네 어미, 늙은 마녀는 내 문전에서 곰팡이 핀 빵 조각 하나도 얻지 못할 거다. 하지만 그전에 너희 둘 다 감방에 처넣어 버릴 거다!"

프리드리히는 부들부들 떨며 나뭇가지 하나를 움켜잡았다. 그는 죽은 사람처럼 창백했다. 수정구슬처럼 번쩍이는 눈이 마치 얼굴에서 튀어나가려는 듯 보였다. 그러나 잠시뿐이었다. 그러고 나자 거의 기진맥진한 듯한 극도의 침착함을 되찾았다. - "아저씨," 그가 거의 부드러운 목소리로 그러나 단호하게 말했다. "아저씨는 책임질 수 없는 말씀을 하셨어요. 어쩌면 그랬을 거예요. 우리 서로 비기기로 해요. 이제 아저씨가 원하시는 걸 말씀드릴게요. 만일 아저씨께서 나무꾼을 고용하신 것이 아니라면, 그건 블라우키텔이 분명해요. 왜냐하면 마을에서는 마차 한 대도 오지 않았으니까요. 바로 제 앞에 길이 있잖아요. 마차는 넉 대였어요. 보지는 못했지만 골짜기를 올라가는 소리를 들었어요." - 그는 잠시 말을 멈췄다. - "아저씨 구역 안에서 제가 나무 한 그루라도 베었다고 말씀하실 수 있어요? 도대체 주문 받은 것 외에 다른 곳에서 나무를 베었다고 하실 수 있어요? 생각해 보세요, 그렇게 말씀하실 수 있는지요?"

산지기는 당황해서 중얼거릴 뿐 아무 대답도 못했다. 대부분의 거친 성격의 사람들처럼 그는 쉽게 후회했다. 그는 무뚝뚝하게 몸을 돌려, 잡목이 우거진 숲 쪽으로 걸음을 옮겼다. - "아니오, 산지기 아저씨," 프리드리히가 소리쳤다. "다른 동료들께 가시려면요. 그들은 너도밤나무 지점에서 위로 올라갔어요." - "너도밤나무 있는 곳에서?" 브란디스는 의심스러운 듯 말했다. "아냐, 저기 건너편 마스터 계곡으로 갔어." - "너도밤나무 있는 곳이에요. 키 큰 하인리히의 화승총[15] 끈이 아직 구부러진 가지에 걸려 있어요. 제가 봤어요."

산지기는 일러준 길을 갔다. 프리드리히는 오랫동안 자리를 떠나지 않았다. 반쯤 누운 채, 가느다란 나뭇가지에 팔을 두르고

---

15 화승총: 불을 붙게 하는 노끈으로 화약에 불을 붙여 발사하는 구식 소총.

멀어져 가는 사람을 뚫어지게 쳐다보고 있었다. 산지기는 마치 여우가 닭의 둥우리로 올라가는 계단을 소리 내지 않고 기어오르듯, 숲으로 반쯤 뒤덮인 좁고 가파른 길을 그의 직업상의 특징인 조심스럽고도 넓은 걸음걸이로 미끄러져 갔다. 그가 사라진 뒤로 나뭇가지가 이쪽저쪽에서 내려앉았다. 그의 모습의 윤곽이 점차 사라져갔다. 저쪽에서 한 번 더 나뭇잎 사이로 뭔가 반짝거렸다. 그것은 산지기가 입고 있는 사냥용 외투에 붙은 쇠단추였다. 이제 그는 사라졌다. 그가 서서히 사라져 가는 동안 프리드리히의 얼굴은 냉정한 표정을 잃었다. 나중에 그의 모습은 불안하게 동요하는 듯 보였다. 산지기에게 자기가 말했다는 것을 비밀로 해 달라고 부탁하지 않아 후회하는 것일까? 그는 몇 걸음 나아갔다가, 멈춰 섰다. "너무 늦었어." 그는 혼잣말을 하고 모자를 집어 들었다. 잡목 숲에서 낮게 찰칵거리는 소리가 들렸다. 그가 있는 곳에서 스무 걸음도 되지 않는 곳이었다. 그것은 화승총 부싯돌을 그어대는 산지기였다. 프리드리히는 귀를 기울였다. ―"아냐!" 그는 확실한 음성으로 말했다. 그는 자신의 자질구레한 소지품들을 주워 모아, 협곡을 따라 급히 소를 몰았다.

정오에 마르그레트 부인은 화덕 앞에 앉아서 차를 끓이고 있었다. 프리드리히는 몸이 안 좋은 상태로 집에 돌아왔다. 머리가 심하게 아프다고 했다. 어머니가 걱정스레 물어보자, 산지기한테 얼마나 화가 났는지 말해주었다. 자기만 알고 있는 것이 낫겠다고 생각한 몇 가지 사소한 일을 제외하고는 앞에서 일어났던 사건 전부를 짧게 얘기했다. 마르그레트는 입을 다물고 우울하니 끓고 있는 물을 바라보고 있었다. 그녀는 때때로 아들이 불평하는 소리를 듣는 것에 익숙해 있었다. 그러나 오늘은 그가 전에 없이 피곤해 보인다고 생각했다. 혹시 무슨 병이 들었나? 그녀는 깊은 한숨을 쉬고 막 집어 든 장작을 화덕에 던졌다.

"엄마!" 프리드리히가 침실에서 불렀다. – "왜 그러니?" – "총소리였어요?" – "아, 아냐, 네가 무슨 소리하는 건지 모르겠구나." – "아마 내 머리 속에서만 그렇게 탕탕거리는 소리가 나나 봐요." 그가 대답했다.

이웃집 여인이 들어와서 쓸데없는 수다를 속닥거렸고, 마르그레트는 건성으로 들었다. 그런 뒤 그녀는 갔다. – "엄마!" 프리드리히가 불렀다. 마르그레트는 그의 방으로 들어갔다. "휠스마이어 아줌마가 무슨 얘기를 했어요?" – "아, 아무것도 아냐, 거짓말에 말도 안 되는 이야기였어!" – 프리드리히는 몸을 일으켰다. – "그레트헨 지머스에 대한 이야기였어. 너도 아마 그 옛날이야기를 알고 있을 거야. 하지만 사실이 아냐." – 프리드리히는 다시 몸을 뉘었다. "잘 수 있을지 좀 봐야겠어요." 그가 말했다.

마르그레트는 화덕 앞에 앉아 있었다. 그녀는 실을 자으면서 즐거운 일은 별로 생각하지 않고 있었다. 마을에서 11시 반을 알리는 종이 울렸다. 문이 열리더니 법원 서기 카프가 들어왔다. - "안녕하세요, 메르겔 부인." 그가 말했다. "우유 한 잔만 주시겠어요? 지금 M에서 오는 길이에요." - 부탁한 우유를 메르겔 부인이 가져오자, 그가 물었다. "프리드리히는 어디 있어요?" 그녀는 막 접시 하나를 꺼내려던 참이어서 묻는 것을 듣지 못했다. 그는 머뭇거리며 찔끔찔끔 우유를 마셨다. 그런 뒤 다시 말을 꺼냈다. "혹시 아세요? 어젯밤에 블라우키텔이 마스터홀츠 숲에서 한 구역 전체를 내 손처럼 이렇게 민둥산으로 베어 버린 거요?" - "저런, 세상에!" 마르가레트는 시큰둥하게 대답했다. 서기는 말을 계속했다. "이 악당들은 모든 걸 다 망가뜨리고 있어요. 어린 나무들은 좀 놔두면 좋을 걸. 내 팔뚝 굵기의 너도밤나무까지도 다 베어버렸어요. 그것으로는 배의 삿대조차도 만들 수 없는데! 그건 다른 사람들이 손해 보는 것을 자신들이 이익 보는 것만큼이나 좋아하는 행동이죠!" - "참 유감스런 일이에요!" 마르그레트가 말했다.

서기는 우유를 다 마셨는데도 여전히 가지 않고 있었다. 뭔가 마음에 담고 있는 것 같았다. "브란디스에 대해 아무것도 못 들으셨어요?" 그가 갑자기 물었다. - "아뇨, 그 사람은 절대 이 집에 발을 들여놓지 않아요." - "그럼 그에게 무슨 일이 일어났는지 모르시겠군요?" - "무슨 일인데요?" 마르그레트가 긴장해서 물었다. - "죽었어요!" - "죽다뇨!" 그녀가 소리쳤다. "에, 죽었어요? 세상에! 오늘 아침에도 등에 총을 메고 아주 건강하게 여기를 지나갔는데!" - "그 사람이 죽었어요." 마르그레트를 날카롭게 쏘아보면서 서기가 반복했다. "블라우키텔에게 살해당했어요. 15분 전에 시신을 마을로 운구했어요."

마르그레트는 두 손을 맞잡았다. - "하나님, 그를 벌하지 마옵소서. 그는 자신이 무엇을 했는지 몰랐습니다!" - "그라니!" 서기가 소리쳤다. "저주받을 살인자를 말하는 겁니까?" 침실에서 무겁게 한숨 쉬는 소리가 울려 나왔다. 마르그레트는 급히 그쪽으로 갔고, 서기가 그녀의 뒤를 따랐다. 프리드리히는 침대에 똑바로 앉아 있었다. 두 손으로 얼굴을 감싸고 죽어가는 사람처럼 신음을 했다. "프리드리히, 왜 그래?" 어머니가 말했다. "왜 그러니?" 서기가 재차 물었다. - "아이고, 내 몸, 내 머리야!" 프리드리히가 신음했다. "쟤가 왜 저래요?" - "아, 누가 압니까?" 마르그레트가 대답했다. "몸이 아주 안 좋다며 4시에 벌써 소를 몰고 집으로 돌아왔어요. — 프리드리히, — 프리드리히야, 대답 좀 해, 의사한테 갔다 올까?" - "아니, 아녜요." 그가 신음했다. "그냥 문득 문득 아픈 게 심해질 뿐이에요. 곧 나아질 거예요."

그는 다시 누웠다. 그의 얼굴은 고통으로 경련이 일더니, 다시 제 빛을 되찾았다. "나가세요." 그가 힘없이 말했다. "자야겠어요. 그러면 나아질 거예요." – "메르겔 부인," 서기가 진지하게 말했다. "프리드리히가 4시에 집에 돌아와서 다시 나가지 않은 게 분명해요?" – 그녀는 서기를 뚫어지게 바라보았다. "길에 있는 모든 아이들에게 물어보세요. 다시 나갔냐고요? — 하나님이 원하셨다면, 그렇게 할 수 있었겠지요!" – "그 애가 브란디스에 대해 아무 말도 안 했어요?" – "세상에, 그래요, 그 사람이 숲 속에서 내 아들을 욕했고, 우리가 가난하다고 비난했답니다, 못된 인간! — 하지만, 하나님 용서하소서. 그는 이미 죽었습니다! — 가세요!" 그녀가 격하게 말했다. "성실한 사람들을 욕하려고 오셨어요? 가세요!" – 그녀는 다시 아들에게로 갔다. 서기는 갔다. – "프리드리히, 어떠니?" 어머니가 물었다. "들었지? 끔찍해, 끔찍해! 참회도 안하고 면죄도 못 받고!" – "엄마, 엄마! 제발 좀 자게 내 버려두세요. 더 이상 견딜 수가 없어요!"

이 순간 요하네스 니만트가 방으로 들어왔다. 호프 덩굴을 받치는 막대처럼 여위고 키가 껑충했다. 그러나 5년 전이나 다름없이 여전히 누더기를 걸쳤고 수줍음을 탔다. 그의 얼굴은 평소보다 더 창백했다. "프리드리히," 그가 더듬거리며 말했다. "너 지금 곧 외삼촌께 가봐야만 해. 그분이 시킬 일이 있대. 즉시 가야 해." – 프리드리히는 벽 쪽으로 몸을 돌렸다. "안 가." 그가 무뚝

뚝하게 말했다. "난 아파." - "하지만 가야해." 요하네스가 숨을 헐떡거리며 말했다, "외삼촌이 나보고 너를 꼭 데려오라고 하셨어." - 프리드리히는 조롱하듯 웃었다. "그렇게 되는지 한 번 보자!" - "그 앨 가만 둬라. 그 앤 갈 수 없어." 어머니가 한숨 쉬듯 말했다. "너도 사정이 어떤지 보고 있잖니." - 그녀는 몇 분 동안 밖으로 나갔다. 다시 돌아왔을 때, 프리드리히는 이미 옷을 입고 있었다. - "웬일이냐?" 그녀가 외쳤다. "너는 갈 수 없어, 가면 안 돼!" - "일어날 일은 어차피 일어나는 거예요." 이렇게 말하고는 벌써 요하네스와 함께 문 쪽으로 나갔다. "아, 하나님" 그녀가 한숨을 쉬었다. "아이들이 어릴 때는 품안으로 파고들지만, 크면 심장을 파고들지."

법원의 심문이 시작되었다. 범행은 분명히 밝혀졌다. 그러나 범인에 대한 증거는 너무나 미약해서 모든 정황 상 블라우키텔에게 유력한 혐의가 갔지만, 그저 추측밖에 할 게 없었다. 한 가지 단서가 이 사건 해결에 빛을 줄 것 같았다. 그러나 사람들은 여러 가지 이유로 그 단서를 신뢰하지 않았다. 영주가 부재중이어서 법원 서기가 사건을 처리해야만 했다. 그는 책상에 앉아 있었다. 법정은 농부들로 미어졌다. 일부는 호기심 때문에 왔고, 일부는 제대로 된 증인이 없는 상황에서 몇 가지 설명을 듣고자 불려온 사람들이었다. 그 시간에 소를 쳤던 목동들, 가까운 곳에서 밭을

경작하고 있던 머슴들, 모두가 손을 주머니에 꽂은 채, 차려 자세로 단호하게 서 있었다. 마치 간섭할 의사가 없음을 말없이 표현하고 있는 것 같았다. 여덟 명의 산지기가 심문을 받았다. 그들의 진술은 완전히 일치했다. 그들은 다음과 같이 진술했다. 브란디스가 10일 밤 그들에게 순찰을 시켰다. 블라우키텔의 계획에 관해 제보를 받았기 때문인데, 이것에 대해 그는 그저 대충 알려줬다. 밤 2시에 그들은 순찰을 시작했고, 많은 도벌 흔적을 보았는데, 그게 주임 산지기인 브란디스를 불쾌하게 만들었지만, 그 외에는 모든 것이 고요했다. 4시경에 브란디스는 "우리가 속았다. 돌아가자."라고 말했다. 그들이 막 브레머베르크 산 쪽으로 향하고 이와 동시에 바람의 방향이 바뀌자, 마스터홀츠 숲에서 나무 넘어가는 소리가 또렷이 들렸고, 나무패는 소리가 빠르게 연이어 들리는 것으로 보아 블라우키텔이 작업 중일 것이라고 생각했다. 그들은 이렇게 적은 인원으로 이 대담한 일당을 공격하는 것이 타당할지 잠시 상의하고, 확실한 결정을 하지 않은 채 소리나는 곳으로 서서히 다가갔다. 이런 상황에서 프리드리히와 말다툼이 일어났던 것이다. 산지기들은 이야기를 계속했다. 브란디스가 아무런 지시도 하지 않고 그들을 먼저 보내자, 그들은 한동안 계속 갔다. 그러고 나서 상당히 멀리 떨어진 숲에서 나던 지속적인 꽹음이 그쳤다는 것을 알아차리고는 조용히 서서 주임 산지기를 기다렸다. 기다리는 것에 짜증이 나서 10분 쯤 기다리다가 계속 걸어가 황폐해진 곳에 이르렀다. 모든 것이 다 끝난 상태로, 숲에서는 더 이상 아무 소리도 들리지 않았고, 나무는 스무 그루가 베어졌는데 여덟 그루가 남아 있었고, 나머지는 이미 운반된 후였다. 그들은 이 일을 어떻게 했는지 이해할 수가 없었다. 왜냐하면 마차 바퀴자국을 발견할 수 없었기 때문이었다. 그리고 주변의 땅이 짓밟힌 듯 했지만, 메마른 계절인데다 땅바닥이 가문비나무의 침엽으로 뒤덮여 있어 발자국을 구별할 수 없었다. 그래서 주임 산지기를 기다리는 게 별 소용이 없을 것 같았고, 혹시 도벌꾼 일당을 볼 수 있을지도 모른다고 생각해서 그들은 급히 숲의 다른 쪽으로 발걸음을 옮겼다. 바로 여기 숲 끝머리에서 그들 중 한 사람이 갖고 있던 병의 끈이 나무딸기 덩굴에 엉키는 바람에 뒤를 돌아보다가, 덤불 숲 속에서 뭔가 반짝이는 것을 보았다. 그것은 주임 산지기의 허리띠 장식이었다. 사람들은 덤불 숲 뒤에 쓰러져 있는 그를 발견했다. 몸을 쭉 뻗은 채, 오른 손은 총신을 움켜쥐고, 다른 손은 주먹을 꽉 쥔 채였고, 이마는 도끼에 맞아 빠개져 있었다.

이것이 산지기들의 진술이었다. 이제 농부들 차례가 되었다. 그들에게서는 얻어 낼 것이 없었다. 대부분 새벽 4시에는 아직 집에 있었거나 다른 곳에서 일을 했다고 주장했다. 그리고 아무도 뭔가 말하려 들지 않았다. 어떻게 하면 좋단 말인가? 그들 모두 그 마을에 사는 믿을만한 사람들이었다. 그들의 소극적인 진술에 만족해야만 했다.

프리드리히가 안으로 불러 들여졌다. 그는 평소의 태도와 조금도 다르지 않게, 긴장하지도 뻔뻔스럽지도 않은 태도로 들어왔다. 심문은 상당히 오래 지속되었고, 가끔 상당히 교묘한 질문을 던지기도 했다. 프리드리히는 그 질문에 대해 모두 솔직하고 확실하게 대답을 했고, 그와 주임 산지기 사이에 있었던 일을, 자기 혼자만 알고 있는 것이 더 낫겠다고 생각했던 마지막 일을 제외하고는, 거의 있는 그대로 설명했다. 살인이 있던 당시 그의 알리바이는 쉽게 증명되었다. 산지기는 마스터홀츠 숲 끝머리에 쓰러져 있었다. 그곳은 그가 프리드리히에게 말을 걸었던 골짜기에서 45분 이상 되는 거리였다. 그는 4시에 말을 걸었고, 프리드리히는 이미 10분 뒤에 자기 소 떼를 몰고 마을로 가고 있었다. 누구나 이것을 보았다. 참석한 모든 농부들이 그것을 증언해주려고 열심히 노력했다. 프리드리히는 이 사람과 이야기를 하기도 하고, 저 사람에게 고개를 끄덕이기도 했다.

법원 서기는 기분이 상해 당혹스러워 하며 그곳에 앉아 있었다. 그는 손을 등 뒤로 돌리더니 갑자기 뭔가 번쩍이는 것을 프리드리히의 눈앞에 내 밀었다. "이건 누구 거지?" - 프리드리히는 놀라 펄쩍 뛰어 세 걸음 물러났다. "어휴! 서기님이 제 머리통을 부수려는 줄 알았어요." 그의 눈이 재빨리 치명적인 도구 위를 스치더니, 순간적으로 도끼자루의 조각이 떨어져나간 곳에 고정되어 있는 듯 보였다. "모르겠어요." 그가 단호하게 말했다. – 그것은 주임 산지기의 두개골에 박혀 있던 도끼였다. – "잘 봐." 법원 서기가 말했다. 프리드리히는 도끼를 손에 들고, 위 아래로 살펴보고 돌려보았다. 그러고 나서는 "이건 다른 것과 똑 같은 도끼네요."라고 말하고는 도끼를 덤덤하게 책상 위에 다시 놓았다. 핏자국이 보였다. 그는 몸을 떠는 것 같았다. 그러나 그는 다시 한 번 확실하게 반복했다. "저는 이 도끼를 모릅니다." 법원 서기는 언짢아서 한숨을 쉬었다. 그도 더는 어째야 할지 몰랐다. 그래서 그저 놀라게 해서 뭔가 발견할 수 있을까 시도해보려고 했던 것이다. 이제 심문을 마치는 것 외에 별다른 수가 없었다.

혹시 이 사건의 결과에 대해 궁금해 하는 사람들에게, 비록 이 사건을 처리하기 위해 또 많은 것들이 일어났고, 더 많은 사람들이 이 심문에 응했지만 이 사건이 결코 해명되지 않았다는 것을 말하지 않을 수 없다. 사건 처리 과정에서 블라우키텔은 주목을 받게 되었고, 그 결과 이들에 대한 대응방책이 강력해졌기 때문에 이들은 용기를 잃은 듯 보였다. 그들은 이제 자취를 감춘 것 같았다. 비록 후에 많은 도벌꾼들이 붙잡혔지만 그들을 그 악명

높은 일당으로 여길 어떤 근거도 찾지 못했다. 그 후 20년 동안 그 도끼는 쓸모없는 증거물로 법원 문서 보관실에 놓여 있었다. 아마 아직도 녹이 슨 채 그곳에 보관되어 있을 것이다. 만일 꾸며 낸 이야기에서 이런 식으로 독자의 호기심을 기만한다면 그것은 부당한 일일 것이다. 그러나 이 모든 것은 실제로 일어났다. 따라서 나는 아무것도 빼거나 덧붙일 수 없다.

다음 일요일 프리드리히는 고해성사에 가기 위해 아주 일찍 일어났다. 성모 승천제일[16]이어서, 신부들은 이미 날이 새기도 전에 고해실에 앉아 있었다. 프리드리히는 어둠 속에서 옷을 입고 나서, 외삼촌 네 집에서 그가 쓰고 있는 작은 골방을 가능한 한 조용히 나왔다. 그의 기도서는 부엌의 코니스[17]에 놓여 있는 게 분명했다. 그는 흐린 달빛에 힘입어 기도서를 찾을 수 있기를 바랐다. 기도서는 그곳에 없었다. 그는 책을 찾으려고 이리저리 눈을 돌렸다. 그러다가 움찔 놀랐다. 거의 옷도 입지 않은 채 지몬이 문에 서 있었다. 앙상한 모습, 빗질하지 않고 헝클어진 머리와 달빛 때문에 창백하게 보이는 얼굴이 지독하게 변한 모습을 보여주었

---

16 성모 승천제일: 8월 15일.

17 코니스: 건축 벽면을 보호하거나 처마를 장식하기 위해 벽면에 수평이 되도록 하여 띠 모양으로 튀어나오게 만든 부분.

다. '몽유병이 있나?' 프리드리히는 생각하면서 아주 신중하게 행동했다. "프리드리히, 어디 가니?" 외삼촌이 속삭였다. – "외삼촌이셨어요? 고해성사하려고요." – "그럴 줄 알았다. 마음대로 가거라. 하지만 착한 기독교인처럼 고해해라." – "그렇게 할게요." 프리드리히가 말했다. – "십계명을 생각해라. 네 이웃에 대하여 증거 하지 말지니!" – "거짓 증거를 하지 말라고 했어요!" – "아니, 어떤 증거도 하지 말아야 해. 넌 잘못 알고 있어. 고해성사 때 다른 사람을 고소하면, 그는 성사를 받을 가치가 없어."

두 사람은 침묵했다. – "외삼촌, 어떻게 그런 생각을 하세요?" 그러고 나서 프리드리히가 말했다. "외삼촌의 양심은 깨끗하지 않아요. 외삼촌은 절 속였어요." – "내가? 그래?" – "외삼촌 도끼는 어디 있죠?" – "내 도끼? 광에 있지." – "자루를 새로 갈아 끼우셨죠? 헌 것은 어디에 있죠?" – "오늘 낮에 나뭇광에서 찾을 수 있을 거다. 가봐라." 그는 경멸하듯 덧붙였다. "난 네가 남자라고 생각했었다. 그런데 넌 노파구나. 발을 덥히는 작은 난로에서 연기가 나면 곧바로 집이 탄다고 생각하는 그런 노파 말이다." 그는 계속 말을 했다. "봐라, 내가 여기 있는 문설주보다 그 일에 대해 더 많이 안다면, 난 영원히 구원받지 않겠다. 오래 전부터 나는 집에 있었다." 그가 덧붙였다. – 프리드리히는 답답한 마음으로 절망에 빠진 채 서 있었다. 그는 외삼촌의 얼굴을 보려고 애를 많이 썼을지도 모른다. 그러나 그들이 낮게 이야기하고 있는 사이 하늘에 구름이 끼었다.

"내 책임이 커요." 프리드리히가 탄식했다. "그 사람을 잘못 된 길로 가게 한 데는요.— 비록, 이런 일이 일어날 거라고는 생각도 못했어요.— 아뇨, 분명 아니었어요. 외삼촌, 외삼촌 때문에 양심의 가책을 느껴요." – "그럼 가라, 고해해!" 지몬이 떨리는 목소리로 말했다. "고자질로 성사를 욕보이고, 가엾은 사람들에게 염탐꾼을 붙여라. 그 염탐꾼이 설령 곧바로 얘기하지는 않는다고 해도, 그 가엾은 사람들이 먹고 있는 빵 조각을 빼앗아 가는 방법을 곧 발견하게 될 테니. — 가라!" – 프리드리히는 머뭇거리며 서 있었다. 나직이 바스락거리는 소리가 들렸다. 구름들이 사라졌다. 달빛이 다시 문을 비추었다. 문은 닫혀져 있었다. 프리드리히는 이날 아침 고해성사하러 가지 않았다.

이 사고가 프리드리히에게 남긴 인상은 유감스럽게도 너무나 빨리 사라지고 말았다. 지몬이 자기 양자를 자신이 걸어갔던 바로 그 길로 이끌기 위해 온갖 짓을 다 한다는 사실을 누가 의심하겠는가? 그리고 프리드리히의 내면에는 이 일을 아주 쉽게 만드는 속성들이 있었다. 즉 경박함, 불끈 하는 성향 그리고 특히 한없는 교만함이었다. 이 교만함은 언제나 겉치레를 경멸하며 거부하지 않았고, 억지로 빼앗아서라도 혹시 발생할지도 모르는 손해를 모면하려는 데 모든 노력을 기울였다. 그는 본성이 천박하지는 않았지만 외적으로 창피함을 겪느니 내면적인 수치를 감당하는 것에 익숙해져 있었다. 이제 그의 어머니는 궁핍하게 살고 있을 때, 그 자신은 허영을 부리는 것에 익숙해져 있다고 말할 수 있을 것이다.

그러나 이와 같은 그의 성격의 불행한 전환은 수년에 걸쳐 이뤄진 결과였다. 이러는 동안 사람들은 마르그레트가 아들에 대해 점점 말이 없어지고, 사람들이 전에는 상상도 못했을 피폐한 상황에 점차 빠져 가는 것을 알아차렸다. 그녀는 수줍어지고, 게을러져 갔으며 너저분해지기까지 했다. 많은 사람들은 그녀의 머리가 어떻게 된 것이라고 생각했다. 프리드리히는 점점 더 시끄러워졌다. 그는 교회축성일[18]이나 결혼식도 놓치지 않았다. 명예에 매우 민감해서 많은 사람들이 은밀히 자신을 비난하는 것을 참지 못했다. 그래서 여론에 맞서지 않고 이를 자기 마음에 드는 방향으로 끌어가려고 항상 준비하고 있었다. 그는 겉으로는 단정하고, 진지하며, 분명 솔직한 듯 보였으나, 교활하고 거만하며 종종 거칠어서, 아무도, 심지어 자기 어머니도 좋아할 수 없는 인

---

18 교회축성일: 교회 축성을 계기로 행하는 축제의 뜻이었으나, 매년 교회 축성을 기리는 축제의 뜻까지 포함.

물이었다. 그럼에도 불구하고 무서운 대담성과 그보다 더 무서운 간계 때문에 마을에서 그는 확실한 우위를 차지했다. 그를 꿰뚫어 볼 수 없다는 것, 그리고 막판에 그가 무엇을 할지 예측할 수 없다는 사실을 사람들이 알면 알수록, 그의 위치는 점점 더 인정을 받아갔다. 단지 마을의 청년 한 사람, 빌름 휠스마이어만이 자신의 힘과 좋은 형편을 인식하고 그에게 용감하게 맞섰다. 그리고 그가 프리드리히보다 말을 능란하게 잘하기 때문에, 그리고 말에 가시가 박혀있다고 해도 그것을 농담으로 받아칠 줄 알기 때문에, 그는 프리드리히가 만나고 싶어 하지 않는 유일한 사람이었다.

4년이 지났다. 10월이었다. 1760년의 온화한 가을은 모든 헛간을 곡식으로. 지하실은 포도주로 가득 채웠고, 그 풍성함을 이 고장에까지 넘쳐흐르게 했다. 평소보다 술 취한 사람들이 더 많이 보였고, 주먹 다툼과 어리석은 싸움에 대한 이야기도 더 많이 들렸다. 여기저기 놀 거리가 많았다. 푸른 월요일[19]이 유행했다. 몇 푼 정도 여유가 있는 사람이면 여기에 더해 여자를 원했다. 그

---

19 푸른 월요일: 일하지 않는 월요일.

런 여자는 남자가 오늘은 먹고, 내일은 굶게 할 수도 있었다. 그때 마을에서는 실속 있고 풍성한 결혼식이 있었다. 손님들은 음이 맞지 않는 바이올린, 한 잔의 브랜디, 그리고 기분이 좋아 스스로 가져간 것들보다 더 많은 것을 기대해도 좋았다. 이른 아침부터 모두 일어나 있었다. 집집마다 문 앞에는 여인네들이 긴 옷자락이 펄럭여, B 마을은 온종일 마치 헌옷가게 같았다. 타지에서 많은 사람들이 올 것이라고 예상했기 때문에, 모두 기꺼이 마을의 명예를 높이고자 노력했다.

저녁 7시였다. 모든 것이 한창이었다. 사방에서 환호와 웃음소리가 터져 나왔다. 천장이 낮은 방들에는 푸른색, 붉은색, 노란색 옷을 입은 사람들이 숨이 막힐 듯 들어차 있었다. 마치 엄청난 숫자의 압류된 가축 무리를 넣어놓은 전당포 외양간 같았다. 타작마당에서는 춤을 추었다. 춤을 춘다기보다는, 두 발을 붙일 공간을 얻은 사람이 그곳에서 빙글빙글 돌고, 환호성을 지름으로써 움직이지 못하는 것을 대신하려는 것이었다. 오케스트라는 훌륭했다. 제1 바이올린은 정평 있는 예술가처럼 훌륭하게 연주를 했고, 제2 바이올린과 세 개의 현을 가진 저음 비올라는 아마추어가 마음 내키는 대로 연주했다. 브랜디와 커피가 넘쳐 났고, 모든 손님들은 땀에 흠뻑 젖었다. 한마디로 유쾌한 잔치였다. 프리드리히는 하늘색 새 윗도리를 입고 마치 수탉처럼 의기양양하게 돌아다니며, 최고 멋쟁이라는 권리를 내세웠다. 영주 일행이 도착했을 때도 그는 콘트라베이스 바로 뒤에 앉아서, 힘차게 그리고 품위 있게 가장 낮은 현을 켜고 있었다.

"요하네스!" 그가 명령조로 불렀다. 그러자 그의 피후견인은 춤추는 장소에서 나왔다. 그 역시도 그곳에서 자신의 뻣뻣한 다리를 흔들고, 환호성을 한 번 지르려고 했었다. 프리드리히는 그에게 활을 건네주며, 당당한 머릿짓으로 자신이 원하는 것을 알려주고는 춤추는 사람들에게로 갔다. "자, 이제 즐거운 곡으로, 음악가 여러분, 파펜 반 이스트루프를!" – 이 인기 있는 춤곡이 연주되었고, 프리드리히는 영주 가족들 앞에서 훌쩍 뛰어오르며 춤을 추었다. 타작마당 가까이 있던 암소들이 놀라 움츠러들어, 그들이 묶여 있는 곳에서 쇠사슬이 철거덕거리는 소리와 음매 하고 우는 소리가 울려나왔다. 그의 금발 머리가 다른 사람들보다 목하나는 더 위로 솟아 올라갔다 내려가곤 했다. 마치 물속에서 재주넘기하는 강꼬치고기 같았다. 춤이 끝날 때마다 사방에서 소녀들이 환호성을 질렀고, 그는 경의의 표시로 머리를 재빨리 움직여 자신의 길고 밝은 금발이 얼굴에 휘감기게 했다.

"이제 그만 됐어!" 그는 드디어 그렇게 말하고 땀을 흘리며 음식을 차려놓은 탁자로 왔다. "자비로우신 영주 내외분 만수무강하시길, 그리고 고귀한 왕자님과 공주님들 모두도. 함께 축배를 들지 않는 자는 천사의 노랫소리가 들리도록 귀싸대기를 올려붙이겠습니다!" 이 정중한 축배의 말에 답하여 커다란 만세소리가 터져 나왔다. - 프리드리히는 허리를 굽혀 절을 했다. - "부디 언짢게 여기지 마시기를, 자비로운 영주님 가족 여러분들. 저희는 그저 배운 것 없는 농부들일 뿐입니다!"

이 순간 타작마당 끝에서 소동이 일어났다. 비명, 욕설, 웃음소리 모든 것이 뒤엉켜 들렸다. "버터 도둑이래요, 버터 도둑이래요!" 몇몇 아이들이 소리쳤다. 그리고 이쪽으로 요하네스 니만트가 들이닥쳤다. 아니 떠밀려 왔다. 머리를 어깨 사이에 움츠리고 문 쪽으로 도망가려고 안간힘을 쓰고 있었다. - "무슨 일이야? 우리 요하네스를 왜 그래?" 프리드리히가 명령조로 소리쳤다.

"진즉에 알아 차렸어야지." 앞치마를 두르고 손에는 걸레를 든 나이든 여인네가 숨을 헐떡이며 말했다. - 망신이었다! 요하네스, 그 가련한 녀석, 집에서 최악의 일들을 겪을 만큼 겪는 그 녀석이 다가올 궁핍을 반 파운드의 버터로 대비하고자 했던 것이다. 그는 버터를 손수건에 깨끗이 쌀 생각도 않고 그대로 주머니에 감추고 부엌 불 옆으로 갔는데, 그만 버터가 녹아 창피하게도 웃옷 자락을 타고 흘러내린 것이다. 모두 난리가 났다. 소녀들은 묻을까봐 뒤로 물러나거나 사고 친 범인을 앞쪽으로 떠다밀었다. 다른 사람들은 동정심 때문이기도 하고 조심하기 위해서 길을 비켜주었다. 그러나 프리드리히는 앞으로 나서서 "이 너저분한 녀석!"하고 소리를 쳤다. 참을성 많은 피후견인의 뺨에 몇 차례 거친 따귀를 올려 부쳤다. 그러고는 그를 문 쪽으로 밀쳐내고는 발로 세게 걷어차 거리로 내쫓았다.

그는 기분이 잡쳐서 돌아왔다. 그의 품위는 손상되었다. 모든 사람들의 웃음이 그의 영혼을 찢어놓았다. 곧바로 멋진 환호성을 질러 다시 시작하려고 했지만, 기분이 좋아지지 않았다. 그는 막 다시 콘트라베이스 뒤로 숨으려고 했다. 그러나 그전에 한 번 더 깜짝 놀랄 정도의 효과를 불러일으켜야 했다. 그는 은으로 된 회중시계를 꺼냈다. 그건 그 당시 매우 귀하고 값진 장식품이었다.

"곧 10시군." 그가 말했다. "이젠 신부 미뉴에트를! 난 음악을 연주하겠어."

"멋진 시계네!" 돼지 치는 아이가 말하고는, 존경심이 가득한 호기심을 보이며 얼굴을 앞으로 내밀었다. – "값이 얼마였어?" 프리드리히의 경쟁자인 빌름 휠스마이어가 소리쳤다. – "네가 시계 값 낼래?" 프리드리히가 물었다. – "시계 값은 쳤냐?" 빌름이 대꾸했다. 프리드리히는 그에게 거만한 눈길을 던졌다. 그리고 말없이 거만한 자세를 취한 채 현악기의 활을 잡았다. – "그래, 그래," 휠스마이어가 말했다. "그와 비슷한 일 이미 알고 있어. 너도 알지, 프란츠 에벨도 멋진 시계를 갖고 있었어. 유대인 아론이 그에게서 그걸 다시 찾아갈 때까지는 말이야." 프리드리히는 대답하지 않았다. 그 대신 뻐기면서 제1 바이올린 주자에게 신호를 보냈다. 이제 그들은 온 힘을 다해 현악기를 켜기 시작했다.

그 사이 영주 일행이 방으로 들어왔다. 그곳에서는 이웃 아낙네들이 결혼이라는 새로운 신분의 표시로 신부에게 하얀 머리띠를 이마에 둘러 매어주고 있었다. 어린 신부는 몹시 울었다. 관습상 그렇게 하기도 했지만,[20] 다른 한편으로는 정말 불안해서 울었다. 그녀는 잔소리가 많은 늙은 신랑의 감시 아래서 해 나가야 할 엉망진창의 집안 살림을 눈앞에 두고 있고, 게다가 그녀는 그 신랑을 사랑해야만 하는 것이었다. 신랑은 신부 곁에 서 있었다. 〈아가서〉[21]에 등장하는 '아침햇살처럼 방으로 들어서는' 그러한 새신랑이 아니었다. ─ "충분히 울었어." 그가 짜증을 내며 말했다. "생각해 봐. 당신이 나를 행복하게 해줘야 하는 게 아냐. 내가 당신을 행복하게 만드는 거야!" ─ 그녀는 수줍게 그를 올려다보았다. 그의 말이 옳다고 여기는 것 같았다. ─ 결혼 절차는 끝났다. 어린 신부는 신랑을 위해 축배를 들었다. 젊은 익살꾼들은 신부의 머리띠가 제대로 놓여 있는지 냄비를 올려놓

20 신부가 우는 것은 생애의 한시기와 친정 가족과의 이별을 표시하는 관습이었다.
21 아가서: 구약성서 중의 하나.

는 삼발이를 통해서 보았다. 사람들은 다시 타작마당으로 몰려 나갔다. 그곳에서는 끊임없이 웃음과 소음이 울려 퍼졌다. - 프리드리히는 더 이상 그곳에 없었다. 그는 엄청난, 참을 수 없는 치욕을 당했다. 이웃 마을의 푸줏간 주인이자 때로 고물상 일도 하는 유대인 아론이 갑자기 나타나서, 프리드리히와 잠깐 동안 불만스러운 대화를 나눈 뒤에 이미 부활절 무렵에 준 시계 값 10탈러를 내라고 여러 사람들 앞에서 큰 소리로 독촉했던 것이다. 프리드리히는 박살이 난 듯 사라져 버렸고, 유대인은 그를 뒤따라가며 계속 소리를 질렀다. "아이고 내 신세야! 내가 왜 현명한 사람들의 말을 듣지 않았을까! 자네는 모든 재산을 몸뚱이에 걸치고 있을 뿐, 찬장에는 빵 한 조각도 없다고 사람들이 내게 골백번이나 말을 했건만!" - 타작마당은 웃음소리로 떠들썩했다. 많은 사람들이 마당으로 밀어닥쳤다. "저 유대인을 묶어! 돼지와 저울질 해봐!" 몇몇 사람이 소리쳤다. 다른 사람들은 진지해졌다. - "프리드리히는 수건처럼 창백하게 보였다오." 한 노파가 말했다. 사람들은 마치 영주의 마차가 마당으로 들어올 때처럼 양편으로 갈라졌다.

영주인 폰 S 씨는 집으로 돌아오는 길에 기분이 나빴다. 인기를 유지하려는 욕망이 이러한 축제에 참석하도록 그를 부추길 때마다 매번 결과는 이랬다. 그는 묵묵히 마차 밖을 내다보았다.

"저 사람들은 뭐지?" - 그는 마치 타조처럼 마차 앞을 달려가는 두 개의 어두운 형상을 가리켰다. 이제 그들은 성안으로 잽싸게 들어갔다. - "우리 돼지우리에 사는 복 받은 돼지들이로군!" 폰 S 씨는 한숨을 쉬며 말했다. 집에 도착하자 그는 현관에 모든 일꾼들이 모여 있는 것을 보았다. 그들은 농장 머슴 두 명을 에워싸고 있었다. 이들은 하얗게 질린 채, 숨이 턱에 차서 계단에 앉아 있었다. 그들은 브레더홀츠 숲을 지나 오다가 늙은 메르겔의 유령에게 쫓겼다고 했다. 처음에는 그들의 머리 위 높은 곳에서 쏴쏴 소리가 나며 바스락거리더니 마치 막대기들이 서로 부딪치는 것처럼 허공에서 달그락거리는 소리가 났고 찢어지는 비명과 아주 선명하게 "아 슬퍼, 불쌍한 내 영혼!"이라는 말이 위쪽에서 아래로 울려 왔다는 것이었다. 한 명은 나뭇가지 사이로 빛나는 눈이 번쩍이는 것도 보았다고 주장했다. 두 사람은 있는 힘껏 달려 온 것이었다.

"멍청한 것들!" 영주는 짜증을 내며 말하며 옷을 갈아입으려고 방으로 들어갔다. 다음 날 아침 정원의 분수가 솟아오르지 않았다. 오래 전에 여기에 묻은 말 뼈 중에서 두개골을 찾기 위해 누군가 수도관을 옮겨 놓았다는 사실이 밝혀졌다. 그것은 마녀나 유령이 만들어 내는 불길한 사건을 막아주는 확실한 방편으로 여겨지는 것이었다. "흠, 악당이 훔쳐가지 않은 것을 바보들이 망가뜨리는군." 영주가 말했다.

　삼일 뒤 엄청난 폭풍이 몰아쳤다. 한밤중이었다. 그러나 성안에 있는 모든 사람들은 깨어 있었다. 영주는 창문 앞에 서서, 어둠 속으로 자신의 밭들을 걱정스레 바라보고 있었다. 창문 유리에 나뭇잎과 가지들이 날아와 부딪쳤다. 때때로 기왓장이 미끄러져 정원의 포석 위로 떨어졌다. ‑"무시무시한 날씨야!" 폰 S 씨가 말했다. 그의 아내는 불안해 보였다. "불은 분명히 잘 간수했겠지?" 그녀가 말했다. "그레트헨, 불 좀 한 번 더 봐라, 아예 완전히 꺼버려라! 이리 와라, 우리 함께 요한복음²²을 읽으며 기도하자." 모두 무릎을 꿇고 앉았다. 여주인이 기도를 시작했다. "태초에 말씀이 계셨노라. 이 말씀은 하나님과 함께 계셨으니, 이 말씀은 곧 하나님이시니라." 무시무시한 천둥이 쳤다. 모두 기겁을 했다. 그러고 나자 끔찍한 비명과 소음이 계단 쪽에서 울려왔다. "세상에! 불이 났나?" 폰 S 씨 아내가 소리치고는 얼굴을 의자에 묻었다. 문이 활짝 열리더니 유대인 아론의 아내가 뛰어들었다. 그녀는 마치 죽은 사람처럼 창백했고, 머리카락은 헝클어졌고, 비에 흠뻑 젖어 있었다. 그녀는 영주 앞에 무릎을 꿇었다. "정의를"

---

22 민간의 미신에서는 요한복음 1장 1절에서 14절까지가 악천후에 대항하는 데 큰 효과가 있는 것으로 여겼다.

그녀가 외쳤다, "정의를! 제 남편이 살해되었어요!" 그러고는 정신을 잃고 쓰러졌다.

그것은 사실이었다. 이어진 조사에 따르면 유대인 아론은 둔기에 관자놀이를 단 한 번 맞아 사망했다는 사실이 밝혀졌다. 왼쪽 관자놀이에 푸른 멍이 있을 뿐, 그 외에 어떤 부상도 발견되지 않았다. 아론의 아내와 그 집 머슴 자무엘의 진술은 다음과 같았다. 아론은 삼일 전 오후에 소를 사러 나갔다. 그러면서 그가 말하기를 B 마을과 S 마을에 있는 몇몇 못 된 채무자들을 독촉하기 위해 하룻저녁 밖에서 묵을지도 모른다고 했다. 그렇게 되면 B 마을에 사는 푸줏간 주인 잘로몬네 집에서 묵을 것이라고 했다. 다음 날 그가 돌아오지 않자, 그의 아내는 매우 걱정이 되었고, 결국 오늘 오후 세 시에 그녀의 머슴과 커다란 로트바일러 한 마리를 데리고 길을 나섰다. 유대인 잘로몬의 집에서는 아론에 대해 아무것도 몰랐다. 그는 그곳에 오지 않았다. 유대인의 아내와 머슴은 아론이 농부들과 거래를 하려고 했던 것을 알고 있어서, 이제 그 사람들을 찾아갔다. 그들 중 두 사람만 아론을 보았다. 아론이 집을 나섰던 바로 그날 보았다는 것이다. 그러는 사이 날이 아주 어두워졌다. 유대인의 아내는 큰 걱정에 싸여 집으로 발걸음을 재촉했다. 집에서 남편을 다시 만날 수 있을 거라는 한 가닥 희망을 품었다. 그들은 브레더홀츠 숲에서 악천후를 만났다. 그래서 산비탈에 서 있는 커다란 너도밤나무 아래로 피했다. 그 와중에 개가 이상하게 여기저기 헤집고 다녔고, 아무리 불러대도 결국 숲으로 달아나고 말았다. 여인은 번개가 번쩍할 때 갑자기 옆쪽 이끼 위에서 뭔가 흰 것을 보았다. 그것은 남편의 지팡이였다. 바로 그 순간 개가 잡목 숲을 헤치고 나왔는데 뭔가를 입에 물고 있었다. 그것은 남편의 신발이었다. 오래 걸리지 않아, 마른 나뭇잎이 채워진 구덩이에서 유대인의 시체가 발견되었다. ─ 이것은 머슴의 진술이었다. 부인은 단지 대부분 옳다고 뒷받침했을 뿐이다. 그녀의 과도한 긴장은 수그러들었다. 그녀는 이제 반쯤 정신이 나간 듯, 아니 오히려 무감각해진 것 같았다. ─ "눈에는 눈, 이에는 이!" 그녀는 이따금 이 말만을 내뱉을 뿐이었다.

바로 이날 밤 프리드리히를 체포하기 위해 소총수들이 소집되었다. 고소는 필요 없었다. 왜냐하면 폰 S 씨 자신이 프리드리히를 유력한 용의자로 지목할 수밖에 없는 사건의 증인이었기 때문이었다. 게다가 그날 밤의 유령이야기, 즉 브레더홀츠 숲에서 막대기들이 서로 부딪치는 소리, 높은 곳에서 울려 퍼진 비명 등이 이 사건의 증거였기 때문이었다. 마침 법원 서기가 부재중이라서, 폰 S 씨가 모든 것을 보통보다 빨리 처리했다. 그럼에도 불구하고 소총수들이 가능한 한 최대로 소리를 죽여 불쌍한 마르그레트의 집을 포위하기 전에 이미 동이 트기 시작했다. 영주가 직접 문을 두드렸다. 문이 열리고 마르그레트가 옷을 완전히 입은 채 문에 나타나기까지는 1분도 채 못 걸렸다. 폰 S 씨는 흠칫 물러섰다. 그는 그녀를 거의 못 알아볼 뻔했다. 그녀는 그렇게 창백했고 돌처럼 굳은 것 같았다.

"프리드리히는 어디 있소?" 그가 자신 없는 목소리로 물었다. ─ "찾아보세요." 그녀가 대답하고는 의자에 앉았다. "들어 와! 들어들 와! 뭘 망설이는 건가?" 영주는 잠시 망설이다가 거칠게 말했다. 그들이 프리드리히의 방으로 들어갔다. 그는 거기 없었다. 그러나 침대는 아직 따뜻했다. 다락방에도 올라가 보고, 지하실에도 가 보았다. 짚단도 찔러보고, 모든 나무통의 뒤쪽도 살펴보았다. 하다못해 빵 굽는 오븐 안까지도 살펴보았다. 그는 없었다. 몇몇은 정원으로 가서 울타리 뒤와 사과나무들 위를 올려다보았다. 그를 찾을 수 없었다. ─ "달아났군!" 영주가 복잡한 심정으로 말했다. 노파의 눈이 그를 쏘아봤다. "저 상자 열쇠를 주게!" ─ 마르그레트는 대답하지 않았다. "열쇠를 달란 말일세." 영주가 반복했다. 그리고 그때서야 열쇠가 상자에 꽂혀있는 것을 발견했다. 상자 속 내용물이 나왔다. 도망친 사람의 좋은 외출복과 그의 어머니의 보잘 것 없는 정장, 그리고 검은 리본이 달린 두 벌의 수의. 한 벌은 여자를 위해, 다른 한 벌은 남자를 위해 만들어진 것이었다. 폰 S 씨는 매우 심란했다. 상자 맨 밑바닥에 문제의 그 은시계가 놓여 있었고, 읽기 쉬운 필적으로 쓰인 서류가 있었다. 그중 하나는 도벌꾼과 연계되었을 것이라고 상당한 혐의를 받고 있는 사람이 서명한 것이었다. 폰 S 씨는 그것들을 살펴보기 위해 가져갔다. 사람들은 그 집을 떠났다. 마르그레트는 끊임없이 입술을 깨물고 눈을 깜빡거릴 뿐 어떤 살아있는 표시도 보이지 않았다.

영주가 성에 도착해보니, 법원 서기가 와 있었다. 서기는 이미 전날 저녁 집에 돌아 왔지만, 영주가 자신에게 사람을 보내지 않아 잠든 새에 이 사건을 놓쳤다고 주장했다. ─"언제나 너무 늦게 오시는군." 폰 S 씨가 짜증스럽게 말했다. "도대체 마을에는 당신 하녀에게 이 사건을 얘기해 줄 노파 한 사람 없다는 말이오? 그리고 왜 사람들이 당신을 깨우지 않았소?" ─"영주님, 물론 저희 집 안네 마리가 저보다 한 시간은 먼저 그 사건에 대해 들었습니다. 하지만 그녀는 나리께서 직접 이 일을 처리하시는 걸 알았습니다." 카프는 애원하는 얼굴로 덧붙였다. "그리고 제가 정말로 피곤한 것도 알고 있었죠." ─"훌륭한 경찰이군!" 영주가 중얼거렸다. "마을의 모든 할망구들이 철저히 비밀로 진행되어야 하는 일도 다 알고 있다니." 그러고는 격하게 말을 이었다. "잡히는 놈은 분명 멍청한 범인일 거야!"

두 사람은 한동안 말이 없었다. ─"제 마부가 밤중에 길을 잃었습니다." 법원 서기가 다시 말을 꺼냈다. "저희는 한 시간 이상 숲 속에 있었어요. 끔찍한 날씨였습니다. 저는 바람이 마차를 뒤집어 버릴 거라고 생각했죠. 비가 수그러들자 드디어 저희는 바라던대로 그곳을 벗어났고, 한 치 앞도 볼 수 없는 상태에서 계속 첼러펠트로 들어서게 되었습니다. 그때 마부는 '채석장 근처로만 가지 않게 되면 좋겠는데!'라고 말했습니다. 저도 걱정이 됐습니다. 그래서 마차를 세우게 하고, 담배라도 한 대 피우려고 불을 그었습니다. 갑자기 저희는 아주 가까이, 수직으로 발 아래쪽에서 종이 울리는 소리를 들었습니다. 제가 얼마나 난처한 상황이었는지 믿으실 겁니다. 저는 마차에서 뛰어내렸습니다. 왜냐하면 자신의 발은 믿을 수 있지만, 말의 발은 믿을 수가 없기 때문이죠. 그렇게 저는 진흙과 빗속에서 꼼짝도 못하고 서 있었습니다. 고맙게도 곧 날이 밝기 시작할 때까지 말입니다. 저희가 어디에 있었겠습니까? 헤르제 낭떠러지 바로 옆이었어요. 헤르제 탑이 바로 우리 발아래에 있었습니다. 저희가 스무 걸음만 더 갔었더라도, 모두 죽었을 겁니다." – "그거 정말 장난 아니었군!" 영주가 반쯤 화가 풀려 대답했다.

그러면서 그는 프리드리히 집에서 가져온 서류들을 훑어보았다. 그것은 빌린 돈을 갚으라는 독촉장들로, 대부분 고리대금업자에게서 온 것이었다. – "메르겔 가족이 이렇게 깊이 관여되어 있다고 생각이나 했었겠소." – "그렇습니다. 그렇지만 그건 이렇게 밝혀져야만 합니다." 카프가 대답했다. "마르그레트 부인은 꽤 화가 나겠는데요." – "무슨 소리요, 그녀는 지금 그런 생각도 안해요!" 이렇게 말하면서 영주는 일어나서, 카프 씨와 법적인 검시를 하기 위해 방을 나갔다. 조사는 짧았다. 폭행치사로 판명되었다. 용의자는 도주했고, 그에게 대해 중대한 고소들이 행해졌지만, 직접 자백하지 않았기 때문에 증거가 없었다.[23] 그러나 그가 도주한 것은 매우 의심 가는 일이었다. 그래서 법정 처리는 만족할만한 성과 없이 종결되어야만 했다.

인근 지역의 유대인들이 큰 관심을 보였다. 미망인의 집은 애통해하는 사람들과 충고를 해주는 사람들로 북적댔다. 기억하기로는 L 지역에 그렇게 많은 유대인이 모인 것을 본적이 없었다. 그들은 믿음의 동료가 살해당했기 때문에 극도의 분노에 찼고, 범인의 흔적을 찾기 위해 어떤 노력과 금전도 아끼지 않았다. 그들 중 보통 고리대금업자 요엘이라고 불리는 사람이 있었는데, 그가 자신에게 수백 탈러의 빚을 지고 있고, 유난히 간교한 사람으로 여겨지는 고객 중의 한 명에게 만일 메르겔을 체포하는데

---

23 옛날 독일 형법원칙에 따르면 범인의 고백이 있어야 판결이 가능했다.

도움을 준다면 그 빚을 모두 탕감해 주겠다고 제안한 것도 사람들은 알고 있다. 왜냐하면 범인이 착한 공범과 함께 추격에서 벗어났을 뿐, 아마도 여전히 근처에 있을 것이라는 생각이 유대인들 사이에서는 일반적이었기 때문이다. 그럼에도 불구하고 어떤 것도 도움이 되지 못했다. 법적 수사가 종결되었다고 공포되자, 다음날 아침 명망 있는 몇 명의 이스라엘 사람들이 영주와 거래를 하려고 성에 찾아왔다. 거래 대상은 유대인 아론의 지팡이가 발견된 곳, 그 아래에서 살인이 일어났을 것으로 추측되는 너도밤나무였다. - "나무를 베어버리려고? 한창 자라는 중에?" 영주가 물었다. - "아닙니다, 영주님. 그 나무는 겨울이나 여름이나 그렇게 서 있어야만 합니다. 나뭇조각이 거기에 붙어 있는 한 말입니다." - "하지만 내가 숲을 벌목하라고 시키면, 그 어린 나무도 상하게 될 텐데." - "저희들은 그 너도밤나무를 보통 가격으로 사려는 것이 아닙니다." - 그들은 200 탈러를 제안했다. 거래는 이루어졌다. 그 나무에 어떤 식으로든 해를 입히지 말라고, 모든 산지기들에게 엄명이 내려졌다. 이후 어느 날 저녁 사람들은 대략 육십 여명 되는 유대인들이 랍비를 선두에 세우고, 모두 말없이 눈을 내리깔고 브레더홀츠 숲으로 향하는 것을 보았다. 그들은 한 시간 이상 숲에 있었다. 그런 뒤 아주 진지하고 엄숙하게 B 마을 지나 첼러펠트로 되돌아 왔다. 그곳에서 모두 흩어져 각자 자기 집으로 돌아갔다. 다음 날 아침 너도밤나무에는 도끼로 다음과 같은 글이 새겨져 있었다.

אִם תַּעֲבוֹר בַּמָּקוֹם הַזֶּה יִפְגַּע בְּךָ כַּאֲשֶׁר אַתָּה עָשִׂיתָ לִי:

그런데 프리드리히는 어디에 있었을까? 분명 그 변변찮은 경찰의 보잘 것 없는 영향력을 두려워하지 않아도 될 만큼 충분히 멀리 갔을 것이다. 그는 곧 실종됐고, 잊혀졌다. 외삼촌 지몬은 그에 대해 거의 말하지 않더니, 나중에는 나쁜 말만 했다. 유대인 미망인은 드디어 마음을 달랬고 다른 남자와 결혼했다. 단지 가엾은 마르그레트만이 위안 받지 못했다. 이후 약 반년 뒤에 영주는 법원 서기가 있는 자리에서 방금 받은 몇 통의 편지를 읽었다. "이상하군, 이상해!" 그가 말했다. "카프, 들어보시오. 메르겔은 어쩌면 그 살인사건에 대해 무죄일지도 모른다네. P 지역의 법원장이 방금 내게 이렇게 써 보냈어요. '진실이 언제나 진실처럼 보이는 것은 아니다. 이 사실을 저는 제 직책상 자주 경험하는데 지금 또 경험하고 있습니다. 아시겠지요? 귀하의 주민인 프리드리히 메르겔이 저나 귀하처럼 유대인을 살해하지 않을 수도 있다는 것을 말입니다. 하지만 유감스럽게도 증거가 없습니다. 그렇지만 가능성은 매우 높습니다. 슐레밍 패거리[24]의 일원인(지금 덧붙여 말한다면, 저희가 지금 그 일당 대부분을 감방에 가두어 놓고 있습니다만) 룸펜모이제스라고 하는 사람이 지난 심문에서 진술하기를, 믿음의 동료인 아론을 살해한 것 외에는 그렇게 후회되는 일이 없다고 했습니다. 그는 숲에서 아론을 살해했는데, 아론은 겨우 6 그로쉔만 갖고 있었다고 했습니다. 유감스럽게도 점심시간 때문에 심문이 중단되었고, 우리가 점심을 먹고 있는 사이에 그 개 같은 유대인은 양말 끈으로 목을 매어 죽었습니다. 여기에 대해 무슨 말을 하고 싶습니까? 아론은 사실 흔한 이름이기는 합니다. 등등'" – "여기에 대해 무슨 말을 하고 싶습니까?" 영주가 반복했다. "그럼 왜 그 멍청한 젊은이는 도망을 쳤을까?" – 법원 서기는 깊이 생각을 해 보았다. "글쎄요, 아마 도벌 때문이겠죠. 우리가 지금 막 조사했던 도벌꾼들 말입니다. 이런 말 있지 않습니까? 악한은 자신의 그림자를 보고 놀라 달아난다고요. 메르겔의 양심은 이 오점이 없었더라도 충분히 더럽혀져 있었을 겁니다."

---

24 슐레밍 패거리는 실제로 1780년 경 헤센지역의 기록에 나와 있다. 그러나 본 작품의 사건과는 상관없이 작가가 임의로 언급한 것이다.

그 사이 사람들은 진정되었다. 프리드리히는 갔다, 사라져 버렸다. 그리고 요하네스 니만트, 남의 눈에 띄지 않던 가련한 요하네스는 바로 그 날 프리드리히와 함께 사라졌다.

아름답고 긴 시간이 흘러갔다. 인간 삶의 거의 절반이라고 할 수 있는 28년이라는 세월이 흘러갔다. 영주는 아주 늙었고, 머리는 회색이 되었다. 그의 선량한 조수였던 카프는 오래 전에 무덤에 들어갔다. 사람들, 짐승들, 나무들이 새로이 생겨나고, 성장하고, 사라졌다. B 성만이 늘 한결같이 회색빛을 띠고 고상한 자태로 오두막들을 내려다보며 있었다. 오두막들은 늙은 결핵 환자들처럼 항상 쓰러질 듯 보였지만 여전히 그렇게 서 있었다. 1788년 12월 24일 성탄절 전날이었다. 협곡 사이의 길들에는 12피트는 족히 될 정도로 눈이 수북이 쌓여 있었다. 살을 에는 찬바람이 따뜻한 방의 창유리에 성애를 만들었다. 한밤중이 가까워지고 있었다. 그런데도 눈이 쌓인 언덕들 도처에 희미한 불빛이 깜빡거리고 있었다. 그 집들에서는 가족들이 성스러운 성탄축일의 시작을 기도하면서 맞이하기 위해 무릎을 꿇고 앉아 있었다. 이것은 가톨릭 지역의 관습이었는데, 그 당시는 일반적으로 모두 그렇게 했다. 그때 브레데 언덕 위쪽에서부터 하나의 형상이 서서히 마을 쪽을 향해 움직이고 있었다. 방랑자는 아주 기진맥진하거나 아픈 것 같았다. 그는 깊은 신음 소리를 내며, 정말 힘겹게 다리를 끌며 눈 속을 걸었다.

산비탈 중간에서 그는 조용히 서서, T자형 지팡이에 몸을 의지하고는 꼼짝도 않고 점점이 반짝이는 불빛들을 뚫어지게 바라보고 있었다. 사방은 정말 고요했고, 정말 죽은 듯했고 추웠다. 교회 묘지의 도깨비불을 생각하지 않을 수 없었다. 이제 교회 탑에서 12시를 쳤다. 마지막 종소리의 울림이 서서히 잦아들자, 나지막한 노랫소리가 울려 나왔다. 그 소리는 이 집에서 저 집으로 점점 높아지더니 온 마을로 퍼져 나갔다.

그 존귀하신 어린 아기
우리 위해 오늘 태어나셨네,
동정녀에게서 순결하게,
모든 사람 이를 기뻐하니,
그 어린 아기 태어나지 않았다면,
우리 모두 멸망했을 터.
구원은 우리의 모든 것.
오, 내 사랑하는 예수 그리스도,
인간으로 태어나신 분
우리를 지옥에서 구하소서.

산비탈에 서 있던 그 남자는 무릎을 꿇었다. 그리고 떨리는 목소리로 찬송가를 부르려고 했다. 그러나 그것은 커다란 흐느낌이 되어버렸다. 굵고 뜨거운 눈물방울이 눈 위로 떨어졌다. 노래의 2절이 시작되었다. 그는 조용히 기도를 따라 올렸다. 그리고 3절, 4절이 울려 퍼졌다. 노래는 끝이 났고, 집 안의 불빛들이 움직이기 시작했다. 남자는 힘겹게 일어서서 서서히 마을을 향해 조심스레 내려갔다. 여러 집을 숨을 헐떡이며 지나쳤다. 그러더니 어떤 집 앞에 조용히 서서, 가만히 문을 두드렸다.

"무슨 일이지?" 안쪽에서 어떤 여자 목소리가 말했다. "문이 덜컹거렸어. 그런데 바람은 안 부는데." – 그는 좀 더 세게 문을 두드렸다. "제발, 반쯤 얼어 죽어 가는 사람을 안으로 좀 들여 주세요. 이 사람은 터키에서 노예생활을 하다가 돌아왔습니다." – 부엌에서 소곤거리는 소리가 들렸다. "여관으로 가세요." 다른 목소리가 대답했다. "이 곳에서 다섯 번째 집이에요!" – "제발 들여보내 주세요! 저는 돈이 없어요." – 약간 망설인 뒤에 문이 열리고 한 남자가 램프로 바깥을 비추었다. – "자 들어오세요!" 그리고 말했다. "당신이 우리 살림을 거덜 내지는 않겠죠."

부엌에는 그 남자 외에 중년의 여인과, 늙은 어머니 그리고 다섯 아이들이 있었다. 모두 집 안에 들어선 사람 주위에 몰려들어 수줍은 호기심으로 그를 살펴보았다. 가련한 모습이었다! 비뚤어진 목, 구부러진 등, 온몸의 형태가 망가지고 힘이 없었다. 길고 눈처럼 하얀 머리카락이 얼굴로 흘러내렸고, 얼굴은 오랜 고생으로 인해 일그러져 있었다. 집주인 여자는 말없이 화덕으로 가서 나뭇가지를 새로 더 넣었다. - "침대를 드릴 수가 없네요." 그녀가 말했다. "하지만 여기에 좋은 임시 잠자리를 마련해 드릴게요. 대충 이렇게 주무셔야만 해요." - "충분합니다!" 낯선 사람이 말했다. "저는 더 나쁜 것에도 익숙해져 있습니다." - 고향에 돌아온 사람은 요하네스 니만트로 알려졌다. 언젠가 프리드리히 메르겔과 도주했던 그 사람이라고 본인이 밝혔다.

다음 날 그렇게 오랫동안 사라졌던 사람에 대한 이야기로 마을은 난리였다. 모두들 터키에서 온 그 남자를 보려고 했다. 사람들은 그가 다른 사람들과 별 다를 바 없어 보이는 것에 대해 거의 놀라기까지 했다. 젊은 사람들은 그에 대한 기억이 없었다. 그러나 나이든 사람들은 그의 외모가 그렇게 불쌍하게 찌들기는 했지만 그를 잘 알아볼 수 있었다. "요하네스, 요하네스, 정말 늙었구나!" 한 노파가 말했다. "그런데 어쩌다 목은 그렇게 비뚤어졌니?" - "노예 생활하면서 나무와 물을 나르느라고요." 그가 대답했다. "그래 메르겔은 어떻게 됐니? 너희들 함께 도망치지 않았어?" - "물론 그랬죠. 그런데 그가 어디 있는지 모릅니다. 우리는 헤어졌거든요. 만일 그 사람 생각을 하신다면, 그를 위해 기도해

주세요." 그리고 덧붙였다. "그는 그게 정말 필요할 겁니다."

사람들은 그에게 프리드리히는 왜 유대인을 살해하지 않았으면서, 슬그머니 도망을 쳤는지 물어 보았다. "살해하지 않았다고요?" 요하네스가 물었다. 사람들이 영주가 메르겔의 이름에서 오점을 지워주기 위해 일부러 퍼뜨린 이야기를 해주자, 그는 긴장해서 귀 기울여 듣고 있었다. "그럼, 정말 쓸데없이" 그가 생각에 잠겨 말했다. "정말로 쓸데없이 그렇게 많은 고생을 했단 말이군!" 그는 깊은 한숨을 쉬고는 이제 자기 쪽에서 많은 것들을 물었다. 지몬은 이미 오래 전에 죽었다. 그러나 그전에 여러 소송과 못된 채무자들 때문에 완전히 빈털터리가 되어버렸다. 사람들이 말한 것처럼, 그들 사이에 깨끗한 거래가 오간 것이 아니기 때문에 그는 이들을 법적으로 고소할 수 없었다. 지몬은 결국 구걸로 연명하다가 남의 집 헛간 짚단 위에서 죽었다. 마르그레트는 더 오래 살았다. 그러나 완전히 정신이 마비된 상태로 살았다. 그녀는 사람들이 가져다주는 것을 모두 썩게 내버려두었다. 그래서 마을 사람들은 그녀를 도와주는 것에 곧 지쳐버렸다. 그것이 바로 정말 의지할 데 없는 사람들을 포기하는 인간들의 본성이다. 이 속수무책의 사람들에게는 도움을 주어도 오랜 기간 큰 효과를 발휘하지 못하고, 그래서 이들은 항상 도움을 필요로 한다. 하지만 사실 마르그레트는 궁핍한 상황에 빠지지는 않았다.

영주 일가가 그녀를 많이 보살펴 주었다. 매일 음식을 보내주었고, 비참한 건강상태에 있던 그녀가 완전히 쇠약해져 버렸을 때는 의사의 치료도 받게 해주었다. 지금 그녀의 집에는 옛날 그 불행한 저녁에 프리드리히의 시계에 감탄하던 돼지 치는 아이의 아들이 살고 있었다. "다 사라졌구나, 다 죽어 버렸어!" 요하네스가 한숨지었다.

저녁에, 날이 어두워지고 달이 비칠 때, 사람들은 요하네스가 교회 묘지에서 눈 속을 비틀거리며 서성이는 것을 보았다. 무덤 앞에서 기도를 하는 것은 아니었고, 어떤 무덤에 가까이 다가가지도 않았다. 그러나 거리를 둔 채 몇몇 무덤을 뚫어지게 바라보는 것 같았다. 그렇게 있는 그를 산지기 브란디스가 발견했다. 그는 살해당한 브란디스의 아들로 영주 일가가 요하네스를 성으로 데려오라고 보낸 것이었다.

거실로 들어서자 요하네스는 어려워하며 불빛에 눈이 부신 듯 주위를 둘러보았다. 그리고 남작을 보았다. 남작은 아주 노쇠해졌지만 28년 전이나 똑같이 여전히 총명한 눈에 붉은 모자를 쓰고 안락의자에 앉아있었다. 곁에는 마찬가지로 늙은, 아주 늙은 남작의 아내가 있었다.

"자, 요하네스," 영주가 말했다. "네가 겪은 모험에 대해 이제 정확히 좀 이야기해 봐라. 그런데" 그는 안경 너머로 요하네스를 살펴보며 말을 이었다. "터키에서 정말 불쌍하게 망가져 버렸구나!" – 요하네스는 밤에 가축 떼와 있던 자신을 메르겔이 불러내, 함께 도망쳐야 한다고 종용했던 일을 말하기 시작했다. – "그런데 그 멍청한 젊은이는 왜 도망을 쳤지? 그가 무죄인 것을 자네도 잘 알지?" – 요하네스는 눈을 내리깔았다. "저는 잘 모릅니다. 제 생각엔 그건 도벌 때문이었던 것 같습니다. 지몬은 여러 가지 일을 했었습니다. 사람들이 저한테는 그것에 대해 말해주지 않았습니다. 하지만 모든 것을 옳게 했었다고 생각하지는 않습니다." – "프리드리히가 도대체 네게 뭐라고 했었느냐?" – "아무 말도요, 저희가 도망쳐야 한다는 것 외에는. 그래서 저희는 헤르제까지 뛰었습니다. 그때까지는 아직 어두웠습니다. 저희는 날이 좀 더 밝아질 때까지 교회 묘지에 있는 커다란 십자가 뒤에 숨어 있었습니다. 첼러펠드에 있는 채석장이 무서웠기 때문이죠. 그리고 잠시 앉아 있는데 갑자기 저희 위쪽에서 말이 헐떡거리는 소리, 발로 땅을 긁는 소리가 들렸고, 바로 헤르제 교회 위쪽 허공에 긴 불빛이 비치는 것을 보았습니다. 저희는 벌떡 일어나서 뛰었습니다. 될 대로 되라며 곧장 앞으로 갈 수밖에 없었습니다. 그리고 날이 밝았을 때 보니 P로 가는 길에 제대로 들어서 있었습니다."

요하네스는 기억을 더듬으며 몸서리를 치는 것 같았다. 영주는 죽은 카프와 그가 헤르제 절벽에서 겪었던 사고를 생각했다. - "별난 일이야!" 영주가 웃었다. "너희들이 그렇게 가까이 있었다니! 그래 계속해 봐라." - 이제 요하네스는 자신들이 운 좋게 P를 지나 국경을 넘어간 이야기를 말했다. 거기서부터 그들은 방랑 중인 견습공인 척하며 브라이스가우에 있는 프라이부르크까지 구걸을 하며 갔다. - 요하네스가 말했다. "저는 빵 자루를 갖고 있었고, 프리드리히는 작은 짐 꾸러미를 갖고 있었습니다. 그래서 사람들은 저희를 믿었습니다." - 프라이부르크에서 그들은 오스트리아 사람들에게 징집되었다. 사람들이 요하네스는 원치 않았다. 하지만 프리드리히가 우겼다. 그래서 그도 보급부대에 들어갔다. 요하네스는 말을 계속했다. "겨우 내내 저희는 프라이부르크에서 지냈습니다. 상당히 잘 지냈습니다. 저도 잘 지냈어요. 프리드리히가 저를 자주 생각해주면서 제가 뭔가 잘못하면 도와주었기 때문이었습니다. 봄에 저희는 헝가리로 행군을 해야만 했습니다. 그리고 가을에는 터키와 전쟁이 붙었죠. 그것에 대해서 별로 말씀드릴 게 없습니다. 왜냐하면 저는 첫 싸움에서 곧바로 포로가 되었고 그 이후 26년간 터키에서 노예로 살았으니까요." - "세상에! 끔찍한 일이로구나!" 폰 S 씨 부인이 말했다. - "정말 끔찍했습니다. 터키인들은 우리 기독교인들을 개만도 못하게 여깁니다. 가장 나쁜 것은 험한 일 때문에 제가 진이빠진 것이죠. 저도 늙어 갔지만, 이전과 똑같이 여전히 그렇게 일

해야만 했습니다."

그는 잠시 말을 멈췄다. 그러고 나서 말했다. "네, 그것은 인간의 힘과 인내심을 넘어서는 것이었습니다. 저도 그것을 더 이상 견뎌낼 수가 없었죠. - 그래서 저는 어떤 네덜란드의 배에 타게 되었습니다." - "거기는 어떻게 갔지?" 영주가 물었다. - "그들이 저를 물에서 건져냈습니다, 보스포루스 해협에서요." 요하네스가 대답했다. 남작은 이상하다는 듯 그를 쳐다보며, 경고하듯 손가락을 치켜들었다. 그러나 요하네스는 이야기를 계속했다. "배에서의 생활도 그에게는 전보다 더 나을 것이 없었습니다. 괴혈병이 돌았습니다. 병이 심하지 않은 사람은 힘에 부치게 일을 해야만 했습니다. 그리고 터키의 채찍만큼이나 가혹하게 배의 밧줄로 맞았습니다." 그는 말을 맺었다. "드디어, 네덜란드의 암스테르담에 도착했을 때, 그들은 저를 풀어 주었습니다. 제가 쓸모없어졌기 때문이죠. 배의 소유주인 상인이 저를 불쌍히 여겨서 자기 문지기를 삼으려고 했습니다. 하지만"-그는 머리를 흔들었다.-"그러느니 여기까지 구걸을 하며 왔습니다." - "그건 정말 어리석은 일이었어." 영주가 말했다. - 요하네스는 깊은 한숨을 내쉬었다. "오, 나리, 저는 터키인과 이교도들 사이에서 삶을 헛되이 보내야 했습니다. 적어도 가톨릭교회 무덤에는 누워야 하지 않겠습니까?" 영주는 지갑을 꺼냈다. "옜다, 요하네스, 이제 가거라.

그리고 곧 다시 오너라. 모든 걸 더 자세히 얘기해 주어야만 한다. 오늘은 좀 뒤죽박죽인 것 같구나. 아마 아직도 굉장히 피곤하겠지?" - "몹시 피곤합니다." 요하네스가 대답했다. "그리고," 그는 자기 이마를 가리켰다, "제 머리가 가끔 아주 이상합니다. 그게 왜 그런지 정확히 말을 할 수가 없습니다." - "벌써 알고 있다." 남작이 말했다. "이미 옛날부터. 이제 가거라. 휠스마이어 가족이 재워줄 거다. 내일 다시 오너라."

폰 S 씨는 이 가련한 인간을 정말 동정했다. 다음 날까지 그를 어디에 살게 할지 궁리했다. 밥은 매일 성에서 먹게 되었다. 옷도 해결되었다. "나리," 요하네스가 말했다. "저도 뭔가 할 수 있습니다. 저는 나무 수저를 만들 수 있습니다. 그리고 제게 심부름을 시키셔도 됩니다." - "하지만 그것도 썩 잘할 것 같지는 않구나." - "아닙니다, 나리. 제가 움직이려고 들면─ 빠르지는 않지만, 그래도 가기는 합니다. 사람들이 생각하는 것처럼 그 일이 제게 그렇게 힘든 것은 아닙니다." - "그럼," 남작은 미심쩍은 듯 말했다. "한번 해 보겠나? 여기 P로 갈 편지가 있어. 그렇게 급한 것은 아냐."

다음 날 요하네스는 마을의 어떤 과부네 집의 작은 방으로 이사했다. 그는 나무 수저를 깎았고, 성에서 식사를 했다. 그리고 남작을 위해 심부름을 했다. 전반적으로 그는 그럭저럭 지낼 만했다. 영주와 그의 일가는 매우 관대했다. 폰 S 씨는 가끔 그와 오랫동안 터키와 오스트리아에서의 근무, 바다에 대해 이야기를 나눴다. "요하네스가 저렇게 아둔하지만 않았더라도 그는 많은 것을 얘기할 수 있었을 거야." 그가 자기 부인에게 말했다. – "아둔하다기보다는 오묘해요." 그의 아내가 대답했다. "저는 그가 실성하지 않았나 늘 걱정이 돼요." – "말도 안 돼!" 남작이 말했다. "그는 언제나 멍청했어. 멍청한 사람들은 절대 미치지 않아."

얼마 뒤에 요하네스는 심부름을 가서, 지나치게 오랫동안 돌아오지 않았다. 선량한 폰 S 부인은 그를 많이 걱정했다. 그래서 그가 계단을 비척비척 올라오는 소리가 들렸을 때는 벌써 그를 찾으러 사람들을 보내려던 참이었다. – "오래 지체했구나, 요하네스." 그녀가 말했다. "난 네가 브레더홀츠 숲에서 길을 잃은 줄 알았다." – "전 쾨렌그룬트 골짜기를 지나서 갔습니다." – "그건 아주 빙 도는 길인데. 왜 브레더홀츠 숲을 지나가지 않았느냐?" – 그는 침울하게 그녀를 바라보았다. "사람들이 제게 말하기를, 숲은 베어지고 수많은 길들이 숲을 가로질러 얼키설키 나 있다고 했습니다. 그래서 저는 숲에서 다시 나오지 못할까봐 겁이 났어요. 저는 나이 들고 정신이 없어지고 있습니다." 나중에 폰 S 부인이 남편에게 말했다. – "당신도 잘 봤죠, 그가 얼마나 눈을 묘하게 흘끗거리며 쳐다보는지요? 에른스트, 그런 눈초리는 결

말이 좋지 않아요."

그사이 9월이 가까워졌다. 들판은 비었고, 낙엽이 지기 시작했다. 많은 소모성질환 환자들은 자신들의 생명줄에 가위가 닿는 기분이었다. 그리고 요하네스도 다가오는 추분의 영향을 받아 힘들어하는 듯 보였다. 이즈음 그를 본 사람들은 그가 눈에 띄게 심란한 듯 보이며, 끊임없이 낮은 소리로 혼자 중얼거리는 것을 보았다고 했다. 전에도 가끔씩 그러기는 했지만 아주 드물게 그랬을 뿐이었다. 결국 어느 날 저녁 그는 집에 돌아오지 않았다. 사람들은 영주가 심부름 보낸 줄 알았다. 그러나 이튿날도 돌아오지 않았다. 삼일 째 되던 날 그가 사는 집 여주인은 걱정이 되었다. 그녀는 성으로 가서 물어 보았다. - "세상에!" 영주가 말했다. "나도 그에 대해서는 모른다. 빨리 사냥꾼들을 불러라, 그리고 산지기 빌헬름도!" 그가 불안해하며 덧붙였다. "그 가련한 불구자가 물 마른 구덩이에라도 빠진다면, 다시는 밖으로 못 나와. 누가 알겠는가, 혹 그 사람의 굽은 다리 하나가 부러지지나 않았는지! ― 개를 데려가라!" 그는 출발하고 있는 사냥꾼들의 뒤에서 외쳤다. "그리고 먼저 구덩이들을 살펴라. 채석장도!" 그가 좀 더 크게 외쳤다.

몇 시간 뒤에 사냥꾼들이 돌아왔다. 그들은 아무 흔적도 발견하지 못했다. 폰 S 씨는 굉장히 불안해했다. "누군가 바위처럼 꼼짝 못하고 누워, 이러지도 저러지도 못하고 있다는 생각을 하면! 하지만 아직 살아 있을지도 몰라. 사람은 먹지 않고 삼 일 정도는 버틸 수 있어." – 그는 몸소 찾으러 나섰다. 집집마다 묻고 다니고, 사방으로 뿔피리를 불었고, 요하네스의 이름을 부르며, 그를 찾으라고 개들을 몰아댔다. – 헛수고였다! – 한 어린애가 브레더홀츠 숲 언저리에 앉아서 나무 수저를 깎고 있던 그를 보았다. "그런데, 그 사람은 그 수저를 완전히 두 조각으로 쪼갰어요." 그 어린 소녀가 말했다. 그것은 이틀 전이었다. 오후에 다시 그의 흔적이 발견되었다. 또 한 아이였다. 그 아이는 그를 숲의 다른 쪽에서 보았다. 그는 덤불숲에 앉아서 마치 잠을 자듯 얼굴을 무릎 사이에 묻고 있었다. 그것은 하루 전의 일이었다. 그는 항상 브레더홀츠 숲을 배회했던 것 같다.

"이 망할 숲이 이렇게 빽빽하지만 않았더라도! 이곳을 들여다볼 수가 없잖아." 영주가 말했다. 개들을 최근에 벌채된 지역으로 몰았다. 호각을 불고, 여보시오, 하고 부르기도 했다. 그리고 개들이 온 숲을 뒤진 것을 확인했을 때, 결국 만족하지 못한 채 집으로 돌아왔다. – "멈추지 마세요, 멈추지 마세요!" 영주의 아내가 간청했다. "몇 발자국 헛걸음하는 것이 차라리 나아요, 뭔가를 잃어버리는 것보다는." – 남작도 아내만큼이나 걱정이 되었다. 그는 불안한 나머지 요하네스의 방에까지 찾아가 보았다. 거기서 그를 찾지 못할 것을 알면서도 말이다. 그는 행방불명된 사람의 방을 열도록 했다. 요하네스의 침대는 일어났을 때 그대로 어질러져 있었다. 거기에는 그의 좋은 외투가 걸려 있었다. 이 옷은 영주 부인이 남편의 옛날 사냥복을 그에게 맞게 고쳐주게 한 것이었다. 책상 위에는 사발 하나, 새로 깎은 나무 수저 6개 그리고 상자 하나가 있었다. 영주는 상자를 열었다. 5 그로쉔이 깨끗하게 종이에 싸여 있었다. 그리고 네 개의 조끼 은단추가 들어 있었다. 영주는 그것들을 유심히 살펴보았다. "메르겔을 추억하는 기념품이군." 그는 중얼거렸다. 그리고 밖으로 나왔다. 그 곰팡내 나는 좁은 방이 아주 답답해졌기 때문이다. 요하네스가 더 이상 근처에 없다는 것, 적어도 살아있지 않다는 것을 확인할 때까지 수색은 계속되었다. 그를 다시 발견하게 될까, 혹시 몇 년 뒤에 마른 웅덩이 속에서 그의 뼈들을 찾게 될까? 살아 있는 그를 다시 볼 것이라고는 거의 기대하지 않았다. 아무튼 또 다시 28년이 지난 후에는 분명 불가능한 일이었다.

그로부터 14일 뒤 젊은 브란디스는 아침에 자신의 관할구역을 둘러보고 브레더홀츠 숲을 지나 집으로 오고 있었다. 그날은 계절에 비해 이상하게 더운 날이었다. 대기는 어른거리고, 새들은 울지 않았다. 까마귀만이 가지에 앉아 지루하게 까르륵거리며, 하늘을 향해 부리를 벌리고 있었다. 브란디스는 매우 피곤했다. 그는 햇볕으로 뜨끈뜨끈해진 모자를 벗기도 하고, 다시 쓰기도 했다. 모든 게 다 견디기 힘들었다. 무릎 높이로 나무가 잘려나간 벌채지역을 지나오는 일은 매우 힘이 들었다. 주위에는 유대인의 너도밤나무 외에는 나무 한 그루 없었다. 그는 온 힘을 다해 그쪽으로 가서, 기진맥진해서 나무 밑 그늘진 이끼 위에 주저앉았다. 서늘한 기운이 쾌적하게 온 몸에 퍼지자 스르르 눈을 감았다. "지독한 버섯 같으니!" 그는 반쯤 잠이 든 상태에서 중얼거렸다. 그 지역에는 물기가 아주 많은 버섯의 일종이 있다. 며칠 있다 시들어버리는데, 그러고 나면 지독한 냄새를 풍긴다. 브란디스는 그런 불쾌한 버섯이 근처에 있어 그 냄새를 맡았다고 생각했다. 몇 번 몸을 뒤척거렸지만, 일어나고 싶지는 않았다. 그사이 그의 개가 이리저리 날뛰며 너도밤나무의 줄기를 긁으면서 위를 올려다보고 짖어댔다. ─ "왜 그러니, 벨로? 고양이가 있냐?" 브란디스는 중얼거렸다. 그는 속눈썹을 반쯤 열었다. 나무에 새겨진 유대인의 글이 눈에 들어왔다. 아주 흐릿해졌지만, 그래도 여전히 모두 알아볼 수 있었다. 그는 다시 눈을 감았다. 개는 계속 짖다가, 마침내 주인의 얼굴에 차가운 코를 갖다 대었다. ─ "날 좀 내버려둬라! 도대체 왜 그러냐?" 브란디스는 이렇게 말하면서 등을 대고 누운 채로 위를 올려다보았다. 그러고는 벌떡 일어나더니, 미친 듯 덤불숲으로 뛰어들었다. 그는 하얗게 질려 성에 도착했다. 유대인의 너도밤나무에 누군가 목을 매달아, 바로 자기 얼굴 위에 다리가 늘어져 있는 것을 보았다고 했다. – "그래 자네는 줄을 자르지 않았단 말이지, 이 멍청한 사람아!" 남작이 외쳤다. – "나리," 브란디스가 숨을 헐떡였다. "만일 그 자리에 계셨더라면, 분명 나리께서도 그 사람이 죽었다는 것을 아셨을 겁니다. 저는 처음에는 그 냄새가 버섯에서 나는 줄 알았습니다." 그럼에도 불구하고 영주는 서둘러 직접 그곳으로 나갔다.

그들은 너도밤나무 아래 도착했다. "아무것도 안 보이는데." 폰 S 씨가 말했다. – "이쪽으로 오셔야 합니다, 이쪽으로요, 바로 이 자리로요!" – 사실이었다. 영주는 자신의 낡은 신발을 알아보았다. – "하느님, 저건 요하네스야! 사다리를 여기에 놔! 그래 이제 내려! 조심, 조심! 그를 떨어뜨리지 마! 아이쿠, 벌써 구더기가 생겼군! 그래도 올가미를 벗겨봐 그리고 목에 두른 띠도!" – 넓은 흉터가 드러났다. 영주가 놀라 흠칫 뒤로 물러섰다. – "세상에!" 그가 말했다. 그는 다시 시신 위로 몸을 숙여 흉터를 아주 주의 깊게 보았다. 큰 충격을 받아 잠시 아무 말도 하지 않았다. 그러고 나서는 산지기들에게로 몸을 돌렸다. "죄 없는 사람이 죄지은 사람을 위해 고통을 당하는 것은 부당해. 모두에게 말하게. 저기 저 사람은," – 그는 죽은 자를 가리켰다. – "프리드리히 메르겔이다." 시신은 박피장[25]에 묻혔다.

모든 중요한 정황에 따르면 이 일은 1788년 9월에 실제로 그렇게 일어났었다. - 히브리어로 나무에 쓰인 내용은 다음과 같았다.

"네가 이곳에 가까이 오면, 네가 내게 한 일이 네게도 일어날 것이다."

---

25 박피장: 죽은 짐승의 가죽을 벗기는 곳.

작가 소개

100년 후에까지 자신의 작품이 읽히기를 바랐던 아네테 폰 드로스테 휠스호프의 소원은 이루어졌다. 1848년 5월 24일 스위스 메어스부르크에서 51세의 나이로 세상을 떠난 이후 100년이 훨씬 넘은 지금까지도 그녀의 작품은 읽히고 있을뿐더러, 그녀는 훌륭한 작가로 칭송받고 있다.

동시대 여류작가들이 여성해방운동의 기수로서 스캔들로 혹은 그 시대의 유행에 어울리는 주제로 베스트셀러 작가가 되어 문화의 중심지 베를린에서 활동하며 세인의 입에 오르내릴 때, 아네테 폰 드로스테 휠스호프는 문화의 변방지대인 베스트팔렌의 뮌스터 지역에서 가족과 친지 사이에서 조용한 삶을 보냈다. 하지만 그 시대를 대표하던 여류문인이 곧 잊혀져 문학사에 몇 줄을 장식하고 있는 지금, 드로스테는 독일 최고의 여류시인으로

서, 특히 독일 노벨레의 전형인《유대인의 너도밤나무》의 작가로서 여전히 그 가치를 인정받고 있다.

아네테 폰 드로스테 휠스호프는 1797년 1월 12일 뮌스터 근처의 휠스호프 성에서 태어났다. 휠스호프 집안은 1000년 직후 뮌스터 지역에서 데켄브로크라는 이름으로 시작되어 13세기에 엥엘베르트 폰 데켄브로크 드로스테가 뮌스터 지역의 돔카피텔 드로스테(성직자회의 지방장관)를 맡은 이후 이 직책이 계승되고 또한 가문의 이름이 되었다. 1417년 이 가문의 한 계승자가 뮌스터 근처의 휠스호프 수성(水城)을 소유하게 되면서, 그 이후 드로스테 휠스호프라는 이름으로 불렸다.

이러한 오랜 가문의 후계자인 클레멘스 아우구스트 프라이헤어 드로스테 추 휠스호프와 테레제(처녀성 폰 학스트하우젠) 사이의 네 남매 중 두 번째로 태어난 아네테는 약 7달 만에 태어났다. 어머니는 너무 약해서 아이를 돌볼 수가 없었다. 조산아는 살아날 가망이 없어 보였다. 그녀를 구해준 것은 유모인 마리아 카타리나 플레텐도르프였다. 그녀는 갓 태어난 자신의 아이와 함께 휠스호프 성으로 들어와 아네테를 돌보았다. 그리고 그녀를 살린 대신 자신의 어린 아들을 잃고 말았다. 아네테는 훗날 그녀의 은혜를 잊지 않고 과부가 된 늙은 유모를 자기 곁으로 불러들여 함께 살았다. 그리고 그녀의 작품에 헌신적인 유모 또는 어머니 상으로 등장시켰다.

어린 시절 아네테는 다른 형제들과 함께 가정교사로부터 라틴어와 그리스어, 프랑스어, 자연과학과 수학을 배웠다. 그녀는 이미 이른 시절부터 언어에 특별한 재능이 있었다. 그와 함께 아버지에게서 물려받은, 드로스테 가문의 특징이기도 한 음악적 재능을 나타내었다. 엄청난 호기심을 가진 이 재능 있는 소녀는 병약한 몸 때문에 항상 행동의 규제를 받았다. 그러나 육체적으로는 여리고 병약했지만, 베스트팔렌의 가톨릭 귀족들의 전통을 뛰어넘는 자유로운 정신을 지녔다. 이러한 그녀의 정신과 주변 환경과의 마찰은 작가로서, 그리고 미혼의 귀족 여성으로서 그녀가 평생 짊어져야 할 짐이기도 했다.

아네테의 어머니는 딸의 재능을 일찍부터 알고 있었다. 글을 쓰는 딸에 대해 자부심을 가졌지만, 딸이 그저 가족친지의 범위 안에서 재능을 보여주기를 바랐을 뿐, 작가로서 성장하기를 원하지는 않았다. 아네테는 자신의 환경을 잘 파악하고 있었다. 그녀의 정신은 멀리 높이 나아가기를 바랐으나, 환경의 지배를 받을 수밖에 없음을 알고 있었다. 결국 이러한 환경 속에서 시련을 겪어야만 했다.

동 베스트팔렌의 귀족 출신인 아네테의 어머니 테레제 폰 학스트하우젠은 베르너 아돌프 폰 학스트하우젠의 딸로서, 그와 그의 첫 아내 사이의 유일한 자녀였다. 그녀의 아버지는 첫 아내가 죽자 뵈켄도르프에 성을 짓기 시작해서 1784년 두 번째 아내 안나 마리아 폰 벤트-파펜하우젠과 함께 그곳으로 이주했다. 이들의 자녀 중 베르너와 아우구스트는 뵈켄도르프를 파더보른 지역의 문학 중심지로 만들고자 했다. 이들은 여러 문인들과 관련을 맺고 있었고, 매해 여름에는 자신들의 거주지에 문학에 관심 있는 친구들을 불러들였다. 그림 형제들도 이 여름 손님에 속했었다. 그리고 빌헬름 그림은 바로 이 뵈켄도르프에서 민간 동화와 전설 수집을 시작했다.

여덟 살 때 처음 외가를 방문한 이래, 자주 그곳을 방문했던 아네테는 1813년 외가에서 외삼촌들의 동료들과도 친분을 맺기 시작했다. 하지만 지나치게 총명하고 비판적인 정신과 강한 자의식을 지닌 아네테는 좋은 평판을 받지 못했다. 특히 빌헬름 그림은 아네테의 언니 예니와는 좋은 사이였지만, 아네테에게는 터무니없는 반감을 가졌다. 우월한 척하는 남성들에게 어린 아네테가 기지와 언어로 맞섰기 때문이다. 빌헬름 그림은 아네테에 대해 꾼 꿈을 동생 야콥에게 편지로 전했다. "그녀는 불타는 듯한 짙은 진홍빛 옷을 입고 있었어. 머리카락 한 가닥 한 가닥을 뽑더니, 나를 향해 공중으로 던졌지. 머리카락들은 화살로 변해, 나를 쉽게 눈멀게 할 수 있을 것 같았어." 아직은 확고한 자아를 확립

하지 못했으나, 이를 위해 노력하는 16세의 어린 처녀에 대해 27세의 빌헬름 그림은 두려움을 느꼈고, 이런 감정이 꿈속에서 그녀를 마녀로 둔갑시킨 것이다.

이러한 부정적 감정에도 불구하고 아네테의 언어재능, 문학 및 민중 전설에 대한 광범위한 지식은 무시할 수 없었다. 빌헬름은 1813년 다시 동생에게 다음과 같은 편지를 썼다. "나는 좋은 시간을 보내고 있어. 그들은 동화, 민요, 전설, 속담 등등은 많은 것을 알고 있어…… 뮌스터 지역에서 온 아가씨들이 제일 많이 알고 있는데, 특히 동생이 많이 알고 있어." 그 동생이 아네테였다.

외삼촌 베르너 폰 학스트하우젠를 비롯한 친지들은 아네테를 '지나치게 똑똑하고, 재능이 넘치고' 또한 '고집 세고, 거만하며, 거의 남성적이고', '감정'보다는 '이성'을 더 많이 지녔다고 평가했다. 자유롭고 재기 넘치는 그녀의 정신은 가부장적인 귀족사회가 여성에게 요구하는 전통적 여성의 역할을 거부했다. 하지만 현실은 이를 허용하지 않았다. 이 좁은 세계와 그 세계가 요구하는 제한된 여성의 역할 안에서 젊은 아네테는 정신적 육체적으로 쇠약해지고 만다. 그러나 그녀 스스로 말했듯이 허약한 육체 속에는 '질기고 거친 정신적 열망'이 숨어 있었다.

젊은 드로스테를 억압하는 것은 그녀를 둘러 싼 귀족의 전통과 그 전통에 충실한 가족들이었다. 그녀의 짧은 연애사건도 결국은 이러한 가족들에 의해 파탄을 맞고 만다. 외가를 자주 방문했던 드로스테는 외삼촌들의 친구들 중의 하나인 평민 출신 하인리히 슈트라우베와 친분을 맺는다. 외모는 특출하지 않지만, 친구들에게는 천재로 인정받던 사람이었다. 아네테의 외삼촌 아우구스트 폰 학스트하우젠은 괴팅엔에서 대학을 다닐 때 그를 만났고, 신교 시민계급 출신의 이 친구가 아버지의 파산으로 곤란을 겪자 재정적인 지원을 해 주었다. 그 이후 슈타우베도 뵈켄도르프의 정기적인 여름 손님이 되었다. 아네테와 슈타우베는 문학에 대한 공통의 관심과 함께, 둘 다 다른 사람들과 어울리지 않는 존재라는 입장 때문에 쉽게 가까워졌다. 귀족출신의 아네테와 가난한 시민계급 출신의 슈타우베의 관계는 아네테의 편지에 의하면 남자 형제에 대한 사랑과 같은 것이었다. 하지만 이들을 지켜보는 주변 사람들은 결코 편안하지 않았다.

이들의 관계는 아네테보다 네 살 어린 의붓 이모 안나와 슈타우베의 친구이자 외삼촌들의 친구였던 아우구스트 폰 아른스발트의 간계로 불행하게 끝나고 말았다. 아른스트발트는 아네테에게 접근하여 그녀가 자신에게 호감을 갖고 있는 것을 알아낸 후에, 친구 슈타우베에게 아네테가 충실하지 않으니 절교를 하라고 권한 것이다. 이 사건에 외가의 가족들이 개입되어 있었고 특히 이모인 안나가 주도적인 역할을 떠맡았었다. 아네테는 뵈켄도르프 사람들이 그녀에게 행한 불쾌한 일을 꿰뚫어 보고 있었다. 이유는 알지 못했다. 그녀는 아른스트발트가 친구를 보호하기 위해 그랬을 것이라고 생각했다. 하지만 그녀는 자신이 속한 신분의 사람들이 갖고 있는 편협함이 이 모든 것을 유발했다는 것을 알아차리지 못했다. 그들이 신분과 전통이라는 규칙을 유지하기 위해서는 한 인간의 삶을 감정적으로 파괴할 준비가 되어 있다는 사실을 믿기에는 너무 어리고 순진했었다. 이 사건(1820)이후 아네테는 18년 동안 외가를 방문하지 않았다. 그녀를 괴롭혔던 안나와 아른스발트는 결혼했다. 아네테는 이들과 교류를 끊었다.

이미 어린 시절부터 자신의 현실, 특히 여성으로서의 현실을 인식하고 있던 아네테는 글쓰기를 통해 자신의 자유를 찾으려 노력했다. 미완성으로 끝난 유년시절의 작품인 드라마 〈베르타 혹은 알프스〉(1813/14)에서 여주인공 베르타는 유년의 아네테처럼 지배적인 남성들과 철저하게 정형화된 남녀의 역할을 강요하는 억압된 사회 속에서 예술, 즉 음악을 통해서 그녀에게 요구되는 전통적 여성상에서 벗어나고자 한다. 하지만 작품 속에서도, 현실에서도 예술을 통해 현실을 잊을 수는 있어도 벗어날 수는 없었다. 1818년 완성한 운문서사시 〈발터〉(1818)에서는 신분의 차이 때문에 사랑하는 사람을 잃고, 자신은 신분을 벗어날 수 없어,

결국 세상을 등지고 고행하는 기사 이야기를 통해서, 억압된 현실 속에서의 여성의 운명을 빗대어 서술하고 있다. 또한 미완성 노벨레 〈레트비나〉(1821)에서는 드로스테의 자전적 요소를 많이 찾아낼 수 있는데, 병약하고 이상적인 주인공 레트비나와 현실과 타협하는 그녀의 여동생 테레제를 대조시키면서, 여성의 역할에 대한 자신의 부정적 의견을 피력하고 있다.

1820년 외가에서 집으로 돌아온 이후 아네테는 완전히 의기소침한 상태였다. 더 이상 글을 쓰지 않았다. 대신 그림을 그리거나 책을 읽으며 소일했고 음악 애호가인 작은아버지 막시밀리안 폰 드로스테-휠스호프의 책으로 음악공부를 시작했다. 오페라 작곡을 시도했고, 스스로 지은 노래를 친지들과 있을 때 부르기도 했다. 1820년부터 1826년까지 언급할 만한 문학적 성과는 〈레트비나〉뿐이었다. 그 작품은 오랜 시간 그녀의 책상에 머물러 있었지만 결국 미완성으로 남아 있었다.

1825년에 아네테는 의사의 권고에 여행을 떠났다. 최초의 긴 여행이었으며, 휠스호프의 답답한 환경을 벗어나기 위한 것이기도 하다. 최초의 대도시 생활에서 많은 사교적인 만남을 갖기도 하며 새로운 환경에 만족했다. 그러나 가족들 특히 어머니와 갈등이 심해졌다. 자유로운 생활방식에 점차 익숙해 가는 그녀를 가족들은 불안한 마음으로 지켜보았다.

1826년 쾰른에서 휠스호프 성으로 돌아왔다. 이 해에는 많은 일이 있었다. 5월 가문의 후계자인 남동생 베르너가 결혼을 했다. 그로부터 한 달 후 아버지 클레멘스 아우구스트 폰 드로스테 휠스호프가 사망했다. 베르너는 휠스호프 성으로 들어왔고, 어머니 테레제 드로스테는 아들에게 성을 내주고, 예니와 아네테 두 딸을 데리고 뤼시하우스로 이주했다. 자신이 먼저 사망할 경우 미망인이 될 아내를 위해 아버지가 미리 장만해 둔 집이었다. 이제 휠스호프는 추억의 장소가 되었고, 뤼시하우스의 삶은 단조로웠다. 어머니는 자주 외가를 방문했고, 아네테의 여행도 점점 잦아지고 길어졌다.

1834년부터 아네테는 문학의 조언자가 될 크리스토프 베른하르트 슐뤼터와 친분을 맺었다. 그의 문하에 있는 신학대학생들과 문학가들 그리고 빌헬름 융커만과의 교제도 시작된다. 이 해 10월, 언니 예니는 독문학자 요제프 폰 라스베르크와 결혼해서 스위스로 갔다.

1835년 7월 아네테는 어머니와 함께 예니를 방문하기 위해 여행하면서 내내 글을 썼다. 특히 다시 시를 쓰기 시작했다. 1836년 뤼시하우스로 돌아오는 도중 그들은 본에 들렀다. 아네테는 어머니보다 오래 이곳에 남았다. 어머니 모르게 시집을 출판을 하기 위해서였다. 어머니는 모든 공적인 데뷔를 시민적인 태도라고 생각했기 때문이었다. 1838년 뮌스터의 아쉔도르프 출판사에서 익명으로 출판한 이 시집은 실패였다. 하지만 이 해부터 문학살롱을 이끄는 엘리제 뤼디거와의 교제 외에, 어린 시절 친분을 맺었던 여류시인 카타리나 쉬킹의 아들인 레빈 쉬킹과의 교제도 빈번해진다. 드로스테는 레빈 쉬킹에게 어머니와 같은 사랑을 쏟기 시작했고, 그와의 교제는 그녀에게 창작의 힘을 불어넣었다. 레빈 쉬킹이 대학을 졸업한 이후 드로스테는 그의 일자리를 찾아주려고 노력했다. 그녀의 도움으로 쉬킹은 스위스 메어스부르크로 이사한 드로스테의 형부 폰 라스베르크의 사서로 일하게 되고, 이 시기 이곳에 머물던 드로스테는 많은 시들을 창작한다. 쉬킹은 그녀에게 있어 일종의 뮤즈와 같은 존재였다.

그러나 쉬킹은 곧 다른 일자리를 찾아 메어스부르크를 떠났고, 혼자 남아 다시 이전의 외로운 생활로 돌아간 드로스테는 전처럼 왕성한 창작욕을 보이지 않았다. 하지만 1842년 쉬킹의 도움으로 《유대인의 너도밤나무》를 출판하게 되고, 작가로서 이름을 얻게 된다. 쉬킹과의 관계는 그의 결혼으로 인해 멀어지고, 그가 자신의 소설 속에서 드로스테와 그녀의 환경에 대해 거의 직접적인 인용을 함으로 인해 완전히 악화되고 만다.

쉬킹과의 관계가 소원해진 후, 드로스테는 뤼시하우스와 메어스부르크를 오가며 생활했다. 작가로서 인정을 받아, 1843년에는 시집 출판 원고료로 메어스부르크에 포도밭이 딸린 집을 사기도 했다. 1844년 그녀의 시들이 코타 출판사에서 출판되었다. 이때는 《유대인의 너도밤나무》가 출판되었을 때와는 다른 반향을 일으켰다. 모든 비평들은 한결같이 그녀의 시의 '남성적인' 형식에 대해 이야기했다.

드로스테의 삶은 그러나 점차 더 외로워져 갔다. 쉬킹과의 관계는 거의 끝난 상태였고, 뤼시하우스에는 어머니조차 오래 머물지 않았다. 어머니는 주로 뮌스터에 가 있었다. 드로스테의 교류는 엘리제 뤼디거로 한정되었다. 원래 병약했던 그녀는 점차 더 쇠약해져 갔고 1846년에는 어머니 혼자 큰딸이 있는 메어스부르크로 여행해야만 했다. 드로스테도 곧 뒤따라갔지만 회복된 상태는 아니었다. 1847년 어머니는 아네테를 그곳에 남겨둔 채 혼자 집으로 돌아왔다. 1847년 7월 21일 아네테는 유언장을 작성했다. 그리고 1848년 5월 24일 약간의 각혈 뒤에 사망했다.

그녀가 사망한 날은 보덴 호숫가의 기온이 늘 그렇듯 '화창했고 더웠다'. 그리고 5월 26일 도시의 공동묘지에 묻혔다.

'웃음거리가 되고 싶지 않다', '100년이 지난 후에도 읽히고 싶다'라고 했던 드로스테는 병약하고 고독한 여인이었지만, 강한 의지와 철저한 작가 정신을 가진 위대한 여류시인으로서 후세 여류시인들의 모범이 되었다.

드로스테의 작품들은 사망 후 레빈 쉬킹에 의해 모음집으로 출판되었고, 이후 그녀는 독일문학사의 중요한 자리를 차지하게 되었다.

작품 소개

《유대인의 너도밤나무》는 40세가 넘어서야 작품집을 내기 시작한 아네테 폰 드로스테 휠스호프를 전 독일에 알려지게 한 작품이다. 이 소설은 파더보른 지역에서 1783년 2월 10일 실제 발생한 유대인 살인 사건을 소재로 해서 쓰였다. 이 사건이 발생했을 당시, 드로스테의 외증조할아버지인 카스파르 모리츠 폰 학스트하우젠은 뵈켄도르프, 알텐베르겐, 벨러젠과 그로센브레덴 지역의 영주 재판권을 갖고 있었다. 이 사건기록은 오늘날에는 존재하지 않는데, 드로스테의 외삼촌 아우구스트 폰 학스트하우젠은 이 사건기록을 근거로 해서 1818년《알제리 노예 이야기》라는 작품을 발표하였다. 그의 이야기에 따르면, 유대인은 17번을 맞아 숨졌고, 살인자 빙켈하네스는 유대인 살해 후 도망쳐 제노바의 상선에서 일을 하다가 해적들에게 잡혀 알제리로 끌려갔다. 17

년의 노예생활 뒤에 그는 고향으로 돌아와 자살했다. 벨러젠 교회의 사망기록에는 1806년 9월 18일자로 '요한. 빙켈하네', '43세', '거지', '목을 맴' 등이 적혀 있고, 교회 무덤의 한 자리를 차지하고 있다.

드로스테가 이 작품의 소재에 대해 처음으로 언급한 것은 1837년 8월 4일 융커만에게 보낸 편지로, 여기서 그녀는 《범죄 이야기, 프리드리히 메르겔》을 집필 중이라고 썼다. 작품이 대충 완성된 것은 1840년이다. 1월 14일 친구인 헨리에테 폰 호헨하우젠에게 "이야기 하나를 완성"했는데, 그것은 그녀가 시도한 '최초의 산문'이라고 밝히고 있다. 아마 이 시기에 드로스테는 레빈 쉬킹에게 이 이야기를 읽어 주었던 것 같다. 1840년 5월 24일 루이제 폰 부론슈테트는 드로스테에게 보내는 편지에서 "쉬킹은 아주 행복해하며 돌아왔어요. …… 당신의 노벨레가 훌륭하다고 말했어요"라고 보고하고 있기 때문이다. 이 작품이 거의 완성되었음을 알리는 또 하나는 편지는 작가가 언니에게 보낸 1841년 7월 1일자 편지이다.

　나는 이제 파더보른에서 유대인을 살해했던 남자에 대한 이야기 한 편을 끝냈어. 그러나 융커만은 내가 이 이야기를 발표한다면 아마 파더보른 사람들이 나를 죽이려들지도 모른다고 말했어.

1842년 작품은 출판할 수 있게 완성되었고, 드로스테는 레빈 쉬킹에게 출판을 위임했다. 그는 코타 출판사의 편집자 헤르만 하우프에게 작품을 넘겨주었고, 하우프는 이 출판사에서 발간하는 〈교양 있는 독자를 위한 조간신문〉에 1842년 4월 22일부터 5월 10일까지 16회에 걸쳐《유대인의 너도밤나무 Die Judenbuche》라는 제목으로 이 단편을 연재했다. 작품은 대단한 호평을 받았고, 드로스테는 이를 통해 작가로서의 명성을 얻었지만 연재물로 출판되었기 때문에 작품은 곧 잊히고 말았다. 그 후 드로스테가 사망하고 난 뒤 그녀를 부각시키는데 큰 공헌을 한 레빈 쉬킹에 의해서《마지막 선물들》(1859)이라는 드로스테 작품 모음집 안에 처음 단편으로 소개되었다. 하지만 비평가들은 드로스테의 시, 그리고 산문 중에는 〈베스트팔렌에 대한 묘사〉에 관심을 보였고,《유대인의 너도밤나무》는 간략히 언급했을 뿐이었다.

하지만 드로스테 사후 30여 년이 지난 1876년 파울 하이제와 헤르만 쿠르츠에 의해 발간된 노벨레 모음집《주옥같은 독일 노벨레들》(1876)에 수록됨으로써 독일 노벨레의 모범으로 인정받기 시작했다. 사실 이 작품집에《유대인의 너도밤나무》가 수록되기까지는 오랜 시간이 걸렸다. 이미 1870년 이 수록집을 만들려고 했을 때, 편집자들 사이에서 오랫동안 이 작품에 대해 토론이 있었다.《유대인의 너도밤나무》를 적극 추천한 사람 중의 하나는 사실주의의 대표 작가 슈토름이었다. 그는 1870년 1월 30일 아다 크리스텐에게 다음과 같이 썼다.

그럼에도 불구하고,《유대인의 너도밤나무》에 관해서 말한다면, 나는 그 작고 겸손한 사람의 편에 서겠습니다. 드로스테 휠스호프는 모든 여류작가들 중에서 가장 존경할만한 시적 능력을 지닌 사람이라고 생각됩니다. 물론 이 작품에서 마지막 완성은 결여되어 있습니다. 하지만 시적 '직관'은 대단하며, 모든 것이 아주 뛰어나게 전개되어 있습니다.

이 작품의 수록이 결정되기까지 파울 하이제와 주고받은 수차례의 편지에서 슈토름은 파울 하이제의 수록 목록에서《유대인의 너도밤나무》가 빠져 있음을 몇 차례 언급할 정도로 이 작품을 높이 평가했다.

하지만 1870년 파울 하이제는 드로스테의 작품을 수록할지 결정을 내리지 못하고 있었다. 독자들에게 작품의 이해가 어려울 것이라는 판단만이 그 이유는 아니었다. 쉬킹의《마지막 선물들》의 출판업자 륌플러가 이 작품 수록을 허락하지 않는 어려움이 있었다. 그는《유대인의 너도밤나무》로 인해 이 모음집이 잘

팔릴 것을 기대하고 있었기 때문에 이 작품이 다른 모음집에 실리는 것을 허락하지 않고 있었던 것이다. 1874년에서야 비로소 뤼플러와 합의가 이뤄졌고, 파울 하이제는 쉬킹도 이에 동의하기를 바라는 편지를 썼다. 그 역시도 이에 동의했고, 파울 하이제의 노벨레 모음집은 1876년 출판되었다. 이후 이 노벨레는 호프만의 《프로일라인 폰 스쿠데리》를 기점으로 하는 탐정 소설과 맥을 같이 하면서, 독일 노벨레의 한 전형으로 오늘날까지 드로스테의 대표작으로 읽히고 그 가치를 높이 평가받고 있다.

베스트팔렌의 B 마을을 배경으로 도벌과 살인을 소재로 한 이 노벨레는 다양한 해석의 가능성을 제시한다. 이 작품에 대한 해석 중 가장 기본이 되는 것은 서양의 기독교 문명의 기본을 형성하고 있는 죄와 벌의 문제이다. 유대인 살해자는 유대인이 살해당한 자리에 서 있는 나무에 목을 매어 죽는다. 그 나무에는 유대인이 살해당한 후 히브리어로 글이 쓰여 있었는데, 이 글의 의미는 작품 맨 마지막에 언급된다. "네가 이곳에 가까이 오면, 네가 내게 한 일이 네게도 일어날 것이다."

살해당한 유대인의 아내가 외친 '눈에는 눈, 이에는 이'라는 유태의 오랜 법대로 사건은 종결지어진 것이다. 하지만 드로스테는 이 노벨레의 서두에 성경의 한 구절을 변형시켜서 쓰고 있다. "저울을 치워라, 그대에게 결코 허락되지 않을 것이니! 돌을 내려놔라 - 그것이 그대의 머리를 맞힐 것이니!"이 구절은 신약의 "너희 중 죄 없는 자가 이 여인을 돌로 쳐라"는 말을 연상시킨다. 그리고 이 말은 또한 노벨레의 맨 끝에서 영주가 한 "죄 없는 사람이 죄지은 사람을 위해 고통을 당하는 것은 부당해"라는 말과의 연관성도 갖는다. 이 모든 것은 결국 프리드리히 메르겔의 행동과 그로 인해 벌어진 사건을 해석하는 주 열쇠가 된다.

또한 이 노벨레의 부제, "베스트팔렌 산골의 풍속화"로 짐작할 수 있듯이, 드로스테는 베스트팔렌 서민들과 그들의 일상에 대해 사실적으로 묘사를 했고, 이를 통해 이 지역의 사회적인 문제 즉 드로스테 당시의 유대인 문제, 영주와 소작인들과의 관계, 종교와 일반 대중을 지배하고 있는 전통과 가치관의 문제, 결혼 풍속 등을 유추해 볼 수 있게 한다.

그러나 다른 한편 이 소설은 내용 면에서 이해와 추측을 어렵게 하는 부분들이 많이 있다. 예를 들어 남편에게 처음으로 손찌검을 당한 마르그레트 메르겔이 왜 집 밖으로 나와 마당을 판 후, 주변을 둘러보고 헛간으로 들어갔는지, 프리드리히가 왜 요하네스를 데리고 떠났는지, 그리고 가장 문제가 되는 것으로 프리드리히가 정말로 유대인을 살해했는지, 그리고 노예생활에서 돌아온 사람이 정말로 프리드리히인지, 이러한 것에 대해 정확한 답을 내릴 수 없다. 특히 노벨레의 마지막 장면은 소설 전체에서 가장 의문이 제기되는 부분이다. 영주는 목매어 죽은 시신을 나무에서 내리게 하고, 그 시신의 목에서 흉터를 발견한다. 하지만 노벨레의 어느 부분에서도 프리드리히의 목의 흉터에 대한 언급이 없다. 이러한 모든 불확실한 부분이 결국 이 노벨레의 매력이며, 이 작품에 대한 다양한 해석을 가능하게 만들어주는 현대성이라고 할 수 있다.

현대에 들어서 여성문학의 관점에서 작가 드로스테를 재 고찰하고 그녀의 《유대인의 너도밤나무》 역시 이러한 시각에서 바라볼 수 있게 되어 이 작품의 가치가 더해졌다. 그녀가 어머니 같은 사랑으로 아꼈던 17살 연하의 친구 레빈 쉬킹은 드로스테가 다른 여류작가와 다른 이유는 그녀의 정신이 남성의 독창성을 지녔기 때문이라고 평했다. 이렇게 드로스테와 그녀 문학의 가치를 남성의 기준에서 높이 평가한 것은, 문학이 남성의 영역이었던 점에서 볼 때는 긍정적인 일이었다.

그러나 남성적 관점에서 그녀를 평가한 것은 드로스테와 그녀의 작품 전체를 이해하는 데는 방해 요소가 될 수도 있었던 점이다. 그래서 클레멘스 헤젤하우스 같은 사람은 "우리 시대의 여성운동은 《유대인의 너도밤나무》에게도 하나의 새로운 테마를 제시한다. 몇몇 문예학자들이 이 작품을 다룰 때 갖는 어려움은 아마도 주로 남성에 의해 규정된 학문 연구 방법이 여성이 쓴 텍스트에는 적당하지 않기 때문은 아닐까?"라고 주장하며 새로운 관점을 제시하기도 했다.

특별한 주의를 기울이지 않는 한, 그리고 작가가 여성이라는 사실을 염두에 두지 않는 한, 드로스테의 유일한 완성 산문인 《유대인의 너도밤나무》는 여성이 쓴 작품이라는 느낌을 전혀 주지 않는다. 유년 시절의 드로스테는 자신을 둘러 싼 보수적인 가톨릭 귀족적 환경과 내면에서 솟아오르는 자유를 향한 열망 때문에 갈등을 겪었다. 그녀의 자유로운 정신은 주변의 편협한 세계와 끊임없이 충돌했고, 그녀는 주변의 몰이해로 첫사랑에 실패를 겪기도 한다. 그녀의 유년 미완성 산문인 《레트비나》와 《베티나》는 드로스테의 이러한 갈등을 잘 나타내고 있다.

그러나 《유대인의 너도밤나무》에서 드로스테는 B 마을에서 발생한 사건을 사실적으로 묘사했을 뿐, 특별한 여성적 관점을 노출시키기 않는다. 헤르만 메르겔, 프리드리히 메르겔, 지몬 젬플러를 중심으로 펼쳐지는 남성들의 이야기를 전개시키면서, 작가로서 뭔가 예감하는 듯한 어투로 불안함을 던져주기도 하고, 때로는 전혀 상황이 어떻게 전개될지 알 수 없다는 듯, 덤덤하게 서술할 뿐이다. 이러한 속에서 독자가 클레멘스 헤젤하우스가 제시한 것처럼 여성이 쓴 문학을 여성적 관점으로 바라본다면, 이제까지 나타나지 않던 전혀 새로운 부분이 드러난다. 즉 남성 주인공들 뒤에서 늘 언급되는 마르그레트 메르겔에 초점을 맞추게 된다. 술주정뱅이 헤르만 메르겔의 아내, 살인자 혹은 살인자일지 모르는 프리드리히 메르겔의 어머니, 그리고 지몬 젬믈러의 누나인 마르그레트 메르겔은 소설 속에서 중요한 역할을 맡고 있지 않다. 하지만 이야기의 처음부터 끝까지 모든 주인공들과 그들의 상황이 전개될 때, 마르그레트 메르겔의 상태와 독백이 언급된다. 즉 드로스테는 남성들의 이야기를 전개하는 과정 속에서 그들에게 어쩔 수 없이 이끌려 살아야하는 여인의 삶을 동시에 서술하고 있는 것이다.

앞서 언급했듯이, 예전의 비평가들은 드로스테의 시에 더 큰 가치를 두었고 《유대인의 너도밤나무》에 대해서는 약간의 언급했을 뿐이지만, 오늘날 일반 독자들은 드로스테를 위대한 여류시인으로서보다는 《유대인의 너도밤나무》의 작가로 더 많이 알고 있다. 그녀에 대한 진정한 평가 면에서는 유감스러운 일이지만, 이 작품이 그만큼 현대성을 갖고 여전히 많은 독자들에게 매력을 주고 있다는 점을 확인시키는 것이라고 볼 수 있다.

유대인의 너도밤나무

초판 1쇄 인쇄 2013년 10월 7일
초판 1쇄 발행 2013년 10월 10일

지은이 아네테 폰 드로스테 휠스호프
옮긴이 이미선
발행인 신현부
발행처 부북스

주소 100-835 서울시 중구 동호로 17길 256-15
전화 02-2235-6041
팩스 02-2253-6042
이메일 boobooks@naver.com

ISBN 978-89-93785-61-6 04850
ISBN 978-89-93785-07-4 (세트)

이 도서의 국립중앙도서관 출판시도서목록(CIP)은 서지정보유통지원시스템 홈페이지
(http://seoji.nl.go.kr)와 국가자료공동목록시스템(http://www.nl.go.kr/kolisnet)에서 이
용하실 수 있습니다.(CIP제어번호: CIP2013019045)